A.I.D.S.

EVA ist TOT

von Marianne Geßner

Deutsche Erstausgabe Januar 2000
Autorin: Marianne Geßner, Postfach 942, 71609 Ludwigsburg
Herstellung und Druck: Libri - Books on Demand
Gutenbergring 53 - 22848 Norderstedt

ISBN Nr. 3-89811-584- 4

Inhalt

1. Einleitung, warum ich dieses Buch schreibe
2. Originalton Eva
I. Stolperweg oder mein Lebenslauf
II. Wundertüte Aids - Welche Krankheit darf´s denn sein?
III. Schutzmaßnahmen
IV. Stigmatisierung ja oder nein?
V. Psychische Aspekte - Wie gehe ich mit meiner Krankheit um ?
VI. Trost - gut gemeint, aber...
VII. Religiöse Aspekte / Aids eine Strafe Gottes ?
VIII. Weißkittel - und als Patientin sehe ich fast nur schwarz
IX. Hilfsbereitschaft - und täglich werde ich positiv überrascht
X. Übrigens - letzte Neuigkeiten
Erklärung und Nachwort der Autorin

Gedichte auf Seiten: 30, 64/65, 66,102,103,139 und 152

A.I.D.S. (laut Eva) = Ab in den Sarg

Einleitung, warum ich dieses Buch schreibe

Als junges Mädchen habe ich in der Schweiz eine einjährige Sekretärinnenschule besucht, und nach einigen Jahren Berufstätigkeit kam ich eines Tages zu Ferdinand. Ferdinand hatte damals schon ein Büro als Buchprüfer, Steuerberater und Vermögensverwalter. Ferdinand war fast 3 Jahrzehnte älter als ich. Ich war einsam in der für mich fremden Schweizer Großstadt und Ferdinand war einsam, weil seine Ehefrau wieder einmal einen neuen Freund hatte. Ferdinand war sehr schnell nicht nur mein Chef, sondern es entwickelte sich zwischen uns eine sehr schöne Freundschaft. Ein echte und tiefe Freundschaft, die bis zu seinem Tode ging. Er war für mich mein väterlicher Ratgeber und half mir, wann immer er konnte, wie ein Vater. Dafür hörte ich ihm zu. Er erzählte mir nicht nur von seinen Kindern, seiner Ehefrau, sondern auch von seinen Klienten.

Besonderes Mitleid hatte er mit einer jungen Klientin namens Eva. Er erzählte mir von Ihrem schweren Schicksal. Er schwärmte von Ihrem Lebenswillen, Ihrer gepflegten Erscheinung trotz Krankheit. Einige Jahre lang, hörte ich jede Woche mehr und mehr von Eva. Mir kam es vor, als würde ich sie selbst kennen. Ich konnte mir Eva inzwischen gut vorstellen, nicht nur äußerlich, sondern auch Ihren Charakter, Ihre Ironie, Ihren Lebensmut, Ihren Zynismus .

Eva könnte heute noch leben. Denn die Medizin hat inzwischen große Fortschritte gemacht. Eva wollte nicht sterben, sie ertrug Ihre Krankheit bis zuletzt. Als Eva dann starb, erfüllte Ferdinand in seiner Funktion als ihr Nachlaßverwalter ihren letzten großen Wunsch. Eva wollte unbedingt, Ihre Geschichte aufschreiben, gedruckt sehen, als Mahnung für die Gesunden, doch bitte Vorsorge zu treffen, beim Sex; als Mahnung an die Süchtigen, doch bitte nur sterile Spritzen zu benutzen; als Mahnung an Ärzte, Pflegepersonal und uns alle, wie wir mit Aidskranken umgehen sollten. Sie wollte uns einen Spiegel vorhalten, damit wir unser oft falsches Verhalten überdenken.

Um ihrem letzten Willen zu entsprechen, und weil er sich selbst dazu nicht mehr in der Lage sah, übergab mir Ferdinand eines Tages das Manuskript seiner verstorbenen Klientin mit der Bitte es bald zu überarbeiten und zu veröffentlichen.

Eigentlich wollte ich mich vor dieser Aufgabe drücken, und schob die Arbeit immer wieder hinaus. Dann starb Ferdinand auf Grund seines Alters und ich vermisste ihn und unsere Gespräche. Nun möchte ich endlich mein Versprechen einlösen, und Evas Geschichte überarbeiten und veröffentlichen. Da ich von den neuen Medien überzeugt bin, möchte ich Ihr Buch über diese neue Möglichkeit: **Books on demand** auf den Markt bringen.

Lange habe ich über diesen Aufzeichnungen gesessen, und habe viele junge und ältere Menschen aus meinem Bekanntenkreis diese Seiten lesen lassen. Ich fühle mich einfach verpflichtet, Evas Geschichte in ihren eigenen Worten zu veröffentlichen. Eigentlich bin ich nicht die Autorin sondern nur die Lektorin der ursprünglich von Eva handgeschriebenen Seiten. Ich habe aus Diskretionsgründen alle Namen und Handlungsorte abgeändert. Eva war Schweizerin und lebte in einer Schweizer Großstadt. Sie hatte ein sehr bewegtes und hartes Leben von klein auf. Sie hatte so tiefe und wahre Gefühle. Über Ihrem ganzen Leben stand die Liebe zu Ihrer Mutter und den Frauen, die Ihr nahe standen. Bitte lesen Sie das ganze Buch. Bitte lesen Sie weiter.

Originalton Eva

Auf Empfehlung einer Krankenschwester schreibe ich meine Geschichte als Aidskranke nieder . Diese Seiten sollen keine Elegie sein, jedoch auch nicht beschönigend wirken. Ein Quentchen an Zynismus und Offenheit möge man mir nachsehen. Ein sinnloses, zynisches Lebens oder Ironie des Schicksals - beides trifft auf mein Leben zu, in welchem ich über 1000 Steine stolperte. Das Kapitell 1 „Stolperweg“, habe ich geschrieben, damit Sie Verständnis für meine jetzige Situation aufbringen können. Dieses Kapitel beschränkt sich auf die notwendigen Infos (keine Autobiographie, dazu bin ich ein zu kleines Licht auf dieser Welt!).

Mit der Offenheit, speziell in dem Kapitel „Weißkittel“, möchte ich niemanden verletzen oder gar diffamieren. Diese Seiten sollen keine Anklage sein für Ärzte oder Pflegepersonal. Diese Zeilen sollen nicht langweilig sein, sondern informativ. Informationen einer jungen Frau, welche ca. ein Drittel Ihrer noch zu erwartenden Lebensdauer in Spitälern und Arztpraxen verbringen muß.

Was will ich mit diesen Zeilen erreichen?

1. **Daß die HIV-Negativen Verständnis für die Aidskranken entwickeln können.**
2. **Daß die HIV-Positiven und Aidskranken ebenso Verständnis für die HIV-Negativen aufbringen lernen. Wir Aidskranken müssen zur Erkenntnis gelangen, daß diese schreckliche Krankheit nicht nur unser Leben, sondern auch das Leben unserer Liebsten negativ beeinflußt. Es gilt nicht nur die kranke, sondern auch die gesunde Seite zu berücksichtigen. Wie in jeder Beziehung, gibt es auch hier zwei Seiten - die eigene als Aidskranke und die gesunde Seite der**

Angehörigen und die anderen Personen. Dieses Buch ist nicht nur für die HIV-Positiven gedacht. Auch für alle, welche unter anderen schrecklichen Krankheiten leiden, wie Krebs, MS usw.

3. Daß unerfahrene Leser (somit die Glückspilze) endlich einmal die ungeschminkte Wahrheit darüber erfahren, wie es in unseren Spitälern zugeht. Von einer „Fließbandmentalität" darf ohne schlechtes Gewissen gesprochen werden. Verschiedentlich habe ich schon vom Pflegepersonal des Kantonsspitals den Ausdruck Fabrik gehört. Das stimmt teilweise!

In diesem Sinne schließe ich das Vorwort und hoffe, das ich oben aufgeführte Zielsetzung erreiche, kranke als auch gesunde Leser zu informieren, anzusprechen und das gegenseitige Verständnis zu wecken.

I. STOLPERWEG oder mein LEBENSLAUF

Wie vorher schon erwähnt, erzähle ich meinen Lebenslauf, um Ihnen einen Überblick zu verschaffen und zu dem besseren Verständnis meiner jeweiligen Situation. Mit Details wie z. B., ob mein Vater (+1973), getüpfelte Krawatten bevorzugte und ob meine Mutter lieber Hosen oder Jupes trägt, werden sie verschont.

März 1961 - 1966

Abnabelung von meiner geliebten Mutter, Versorgung im Säuglings- später Kinderheim. Nachstehende 3 Beispiele über die pädagogischen Fähigkeiten der Nonnen sollen Sie zum Verständnis führen, weshalb ich die „Gottesfrauen“ respektlos Pinguine nenne:

Allgemein

Eine Schar von ca. 20 kleinen Erdenbürgern. Sie alle wollten die volle Aufmerksamkeit und auch Liebe sowie Zärtlichkeit für sich beanspruchen - gerade 2 Pinguine standen dazu zur Verfügung. Ich erkannte schon bald, daß ich durch Fehlverhalten (z. B. Wegnehmen des Spielzeuges eines der anderen Kinder, auch wenn es mich überhaupt nicht interessierte) die gewünschte Aufmerksamkeit erhielt. Diese jedoch bestand nicht aus Streicheleinheiten, sondern aus Bestrafung. Immerhin, diesen „Teilerfolg“ konnte ich mir durch mein aggressives Verhalten immer wieder einheimsen. Die Art der Strafen jedoch war sehr fragwürdig:
An 3 Strafen kann ich mich, weil wahrscheinlich am eindrucksvollsten, erinnern:

Strafe 1 (physisch)

Pauschale Bearbeitung meines (damals) noch süßen Kinderpos, meist samstags. Wahlweise mit Gürtel oder Teppichklopfer, manchmal mit der bloßen Hand. Ich wußte oft gar nicht mehr, für welche „Freveltaten“ man mich bestrafte.

Zur Gaudi aller anderen Kinder geschah dieser Strafakt vorne auf dem Büfett, man legte mich darauf. Dies vor dem Essen, quasi als Vorspeise. Alle Kinder befanden sich im Eßsaal und grölten. Sie fanden das lustig, wahrscheinlich nur, solange nicht sie selber dort liegen mußten. Früher hatte man die Missetäter auf den Pranger gestellt. Es dürfte den Pinguinen entgangen sein, daß dieser Bestrafungsmodus nicht mehr zeitgemäß ist. Vielleicht waren sie zu sehr beschäftigt durch ihre Zwiegespräche mit Gott...Amen! So sei es.

Strafe 2 (psychisch)
Ich wurde in eine Besenkammer gesetzt, selbstverständlich ohne Licht. Die vorangegangene Drohung: „jetzt kommen dann bald viele, viele kleine Bienen und stechen dich, weil du unartig warst.“ Ich saß vor Angst bibbernd in dieser dunklen Kammer und hörte in jedem Geräusch, welches von außen in die Kammer eindrang, summende Bienen. Wie lange ich diese Tortur durchstehen mußte, kann ich nicht sagen. ich vermag mich jedoch daran erinnern, daß es eine endlos lange Zeit für mich als kleines Kind war. Schätzungsweise ließen sie mich ca. eine halbe bis zu einer ganzen Stunde auf die bösen Bienen in der Besenkammer warten...

Seit meine Mutter über diese Geschichte von mir informiert wurde (1994) weiß sie endlich den Grund meiner extremen Angst vor allen fliegenden Insekten, die ich bis heute nicht ablegen konnte.

Strafe 3 (physisch/einmalige Strafe)
Jedes Jahr wurden ferienhalber 2 Wochen in einem Ferienheim verbracht. Im Frühling, Frühsommer, wann immer. Eines abends kroch ich zu einem Mädchen ins Bett, um mit ihr zu spielen. Kein „Doktorspiel“, sondern mit Puppen. Ich hörte, wie die Tür aufging und kroch schnell unter das Bett des Mädchens. Der Pinguin sah natürlich

sofort mein leeres Bett und ahnte, daß ich mich unter irgend einem anderen Bett befinden mußte. Sie fand mich bald und das Versteckspiel war beendet. Sie meinte: „Wenn es Dir so gut gefällt da unten, dann bleibst du die ganze Nacht hier." Der Boden bestand aus (sehr kühlen) Keramikplatten und die nächtlichen Temperaturen (Frühjahr) waren noch sehr niedrig. Ich dachte nicht daran unter dem Bett zu bleiben. Nach einigen Minuten des Schlotterns kroch ich hervor und hüpfte in mein warmes, bequemes Bett zurück. Glücklicherweise erfolgte keine Nachkontrolle.

Interessantes Detail dieser Geschichte: Mit 15 Jahren war ich in psychiatrischer Behandlung infolge Polytoxikomanie, Tabletten, Hasch, Alkohol. Die Psychiaterin fragte mich nach meinen ersten Lebensjahren. Das Erinnerungsvermögen fängt bekannterweise generell erst ab dem 3. Lebensjahr an. Ich dachte nach, konnte mich beim besten Willen aber nur an die schöne Zeit erinnern, welche ich zuhause ab dem 5. Lebensjahr bei meiner Familie hatte. Die Psychiaterin fragte dann meine Mutter und diese klärte sie dann entsprechend auf. In einem der Folgegespräche informierte mich die Ärztin dann über diese ersten 5 Lebensjahre, die aus meinem Gedächtnis gestrichen waren. Fazit: Ich war (und bin es heute noch!) eine große Verdrängungskünstlerin. Es dauerte einige Jahre, bis die Erinnerungen bruchstückweise auftauchten, und nicht gerade viel ...Die Strafmodalitäten sind die einzigen klaren Erinnerungen - ich glaube, es ist gut so. Was ich nicht weiß, macht mich nicht heiß!

<u>Appell an meine geliebte Mutter:</u>

Bitte mach Dir keine Vorwürfe! Du konntest all das ja nicht wissen! Vor kurzem habe ich Dir diese Geschichte erzählt, damit ich Du meine heutige Situation besser verstehst. Deine Antwort darauf war sehr schön und bewies mir einmal mehr, welch wundervolle Mutter ich habe. „Hätte ich das gewußt, wäre ich dort vorbei gegangen. So lasse ich meine Kinder nicht behandeln."

Liebe Mutter, Dich trifft absolut keine Schuld an meinem späteren, sehr unschönen Lebenslauf. Nie habe ich Dir Vorwürfe betreffend dieser ersten unglücklichen Zeit gemacht, auch nicht gedanklich. Ich weiß, daß es auch für Dich eine schwere Zeit war, da Du doch auf einiges verzichten mußtest, was zum Mutterglück gehört: Du konntest mir den Schoppen nicht geben, mich nur selten in die Arme nehmen. Du, die sich später als so fürsorgliche Mutter erwiesen hat. In der damaligen Situation war Deine Entscheidung vollkommen richtig. Mama, ich hatte ein glückliches Familienleben (bis Papa starb).

Es war die grausame, unsensible Umwelt, die mich „auf die schiefe Bahn" brachte. nach wie vor behaupte ich, bzw. weiß ich: Du bist global gesehen die beste Mutter aller Zeiten!

Spätere Auswirkungen aus dieser Lebensphase

a) Homo-Emotionalität (suche die vermißte körperliche Wärme, welche mir meine geliebte Mutter infolge der bekannten Gründe nicht geben konnte. Somit quasi als Nachholbedürfnis.
b) Urvertrauen - Hier vermag ich mich sehr kurz auszudrücken: Urvertrauen = Null. Übrigens nicht nur bei mir, sondern auch bei meinen Brüdern. Grund: mangelnde Beziehungs-Kontinuität in den ersten Lebensjahren.

1966 - 1973
Teilweise mag ich mich noch an den „Einzugstag in das Familienleben" erinnern. Ich kann mich nicht daran erinnern, meinen älteren Bruder je im Kinderheim gesehen zu haben. Wenn ja, dann mußten das zufällige Treffs gewesen sein.

Die Pinguine hielten sich offenbar strikt an die Geschlechtertrennung: Mädchen zu Mädchen und Jungen zu Jungen. Welch pervertiertes Gedankengut mochte dahinterstecken ? Nicht einmal die Geschwister beiderlei Geschlechts wurden zusammengeführt. Diese fast 6 Jahre (66-73) waren die schönsten in meiner Jugendzeit. Meine Mutter erwies sich als sehr fürsorglich, aber sie war nicht „gluckenhaft". Sie ist eine äußerst intelligente und gebildete Frau (Arzttochter, ihr Vater starb mit ca. 49 an der Parkinsonkrankheit, sie war damals gerade 8 Jahre alt). Hätte ich meinerseits Kinder, wäre ich sicher keine Glucke, aber dafür wie meine Mama, eine faire, korrekte, fürsorgliche Mutter, welche nur an das Wohl der Kinder denkt. Bis 1973 hatten wir ein Bilderbuch-Familienleben, inzwischen war auch mein jüngerer Bruder (+1989) zur Familie gestoßen. Zum Zeitpunkt seiner Geburt war ich bei der Großmutter. Den Grund für diesen „Ferienaufenthalt" kannte ich: Bald würde ich einen Bruder oder eine Schwester erhalten. Ich freute mich!

Fast 6 Jahre lange hielt unser Familienglück an. Dann erkrankte mein Vater an Krebs. Er litt ungefähr ein halbes Jahr, bis er sterben durfte. Wenn immer möglich, war er zu Hause und wurde von seiner Frau gepflegt.

Es war für mich eine schwere Zeit, denn ich mußte sehen, wie sehr meine Mutter darunter litt. Sie tat mir mehr leid als der todkranke Vater. In der Phase seiner Krankheit schlief sie durchschnittlich nur 4 Stunden pro Nacht. „Tagesschläfchen" waren unmöglich.. Schließlich waren nebst dem kranken Mann noch 3 hungrige Schnäbel zu füttern. Trotz Ihres Leides hatte sie noch die Kraft, mich wie folgt zu trösten: „Wenn Papa wieder gesund ist, gehen wir alle zusammen in die Ferien." Sie hat mir nie gesagt, daß Papa bald sterben wird. Ich mußte es jedoch erahnt haben, denn genau in der Nacht, bevor er verschied, hatte ich geträumt, daß er gestorben sei. Als ich am Sterbetag von der Schule kam, saß meine Mutter im Wohnzimmer und weinte. ich wieder einmal sehr traurig ihretwegen, mehr als über seinen Tod.

Meine Gefühle dem Vater gegenüber waren gespalten. Einerseits hatte ich ihn sehr gern, denn er war gutmütig. Andererseits sah ich ihn nur auf dem Sofa herumliegen und seine Zeitung lesen. Dies allerdings nur über Mittag, am Abend und an den Wochenende. Tagsüber war er als freischaffender Kaufmann tätig. Meine Mutter aber erlebte ich immer nur arbeitend. Zu dieser Zeit waren die Haushaltsgeräte als Hilfe fast nicht vorhanden. So erlebte ich die Ehe meiner Eltern: Der Vater liegt faul herum, die Mutter ist im Arbeitsstreß.

Nach dem Tod meines Vaters traten zwangsläufig Änderungen im Familienleben ein. So verbrachten wir die Ferien einige Male zusammen. Wir Kinder gingen in Ferienlager. In einem der letzten Lager hatte ich ein sogenanntes Schlüsselerlebnis, welches mein weiteres Leben negativ beeinflußte, da ich unter einer bestimmten Angstneurose litt.

Nicht einmal meinen diversen Psychologen und Psychiatern konnte ich dieses Problem erläutern, ich schämte mich wegen meines Problems. Das Angstgefühl war dermaßen stark in mir, daß ich mich, als eigentlich kontaktfreudige Person, am liebsten zu Hause verkroch. Daß das Problem riesig war, beweist wohl die Tatsache, daß ich bereits mit 14 Jahren begann, „leichte" Drogen zu nehmen, wie Alkohol, Optalidon (Pfui Teufel) etc. Der Produzent von Korex Typenreiniger dürfte in diesen Jahren meiner Pubertät einen erfreulich positiven Umsatz gemacht haben, dasselbe gilt für die „Optalidon-Fritzen". Eingeführt in diese wunderbare Welt des „Belämmertseins" wurde ich durch eine mir „wohlmeinende" Schulfreundin, die offenbar auch ihre Probleme hatte. Kurzfassung des Grundes, weshalb ich von ca. 1975 - 1983 Drogen nahm, ab 1981 begann ich mit harten Drogen, Heroin, Kokain. nach Einnahme der Drogen fiel das Angstgefühl weg und ich konnte mich ungezwungen und frei bewegen.

Übrigens habe ich meine Mutter erst 1994 über den genauen Grund im Detail informiert. Dies auch nur, damit sie endlich einmal weiß, warum ich Drogen nahm. Ich wolle unbedingt, daß sie aufhört, die Grunde bei sich zu suchen, sich mit Eigenvorwürfen zu quälen. heute mache ich mir Vorwürfe, daß ich ihr gegenüber so lange geschwiegen habe. Natürlich beeinflußte der Drogenmißbrauch meinen Lebenslauf in ungünstiger Weise:

1976 Rauswurf aus einem von Pinguinen geführten Internat in Suisse Romande. Gründe waren: Man erwischte mich mit einer anderen in deren Körbchen, das Rauchverbot galt für alle anderen, nur nicht für mich, etc. Drei Monate hat es gedauert, also ein kurzes Gastspiel.

1977 Abbruch der begonnen KV-Lehre nach bereits 2 Monaten. Nachfolgende Handelsschule merkte nach 2 weiteren Monaten, welch „Kuckucksei" sie sich mit mir in den Schulraum gelegt hatten. Auch der letzte Versuch in einer privaten Handelsschule scheiterte kläglich nach mehreren Monaten.

Irgendwann zwischen 1976 und 1977 konnte meine Mutter all das nicht mehr ertragen und brachte mich in eine psychiatrische Klinik für Kinder und Jugendliche. Dort kratzte ich laufend die Kurve und holte mir mein geliebtes Optalidon, goß noch ein paar „Café Lutz" darüber und war, obschon es mir übel war, zufrieden. Meist ging ich nach dem Absturz in die Klinik zurück. Immer nur dann, wenn ich keinen Alkohol hatte und ich sicher sein konnte, daß sie meinen Absturz zumindest nicht rochen.

Manchmal blieb ich auf der Gasse. Auf der Suche nach einer Übernachtungsmöglichkeit machte ich als naives, unerfahrenes Mädchen sehr unschöne Erfahrungen.

Obschon ich die Herren, welche mir freundlicherweise eine Übernachtung bei ihnen anboten, darauf hinwies, daß da nichts läuft mit mir, da ich Frauen bevorzuge, passierte „es“ eben doch. Eines Tages lernte ich einen gutaussehenden, 40jährigen Mann in meiner Stammkneipe kennen. Ich erzählte ihm mein Dilemma und er offerierte mir ein Zimmer in seiner Zweizimmerwohnung. Damit bei ihm schon gar nicht die Idee aufkam, er könne die Miete mit Sex eintreiben, bezahlte ich freiwillig Fr. 400.—, für einen Monat voraus. Als wir am ersten Abend heimkamen, stellte ich fest, daß das zweite Zimmer noch als Abstellplatz fungierte, da er eben erst in diese Wohnung eingezogen war. Er meinte, ich könnte ja bei ihm im Bett schlafen. Wie sehr mich dieser Vorschlag freute, ist wohl leicht vorstellbar. Ich hatte große Angst, doch in den ersten zwei Monaten konnte er sich beherrschen, er rührte mich nicht an. Immer wieder startete ich einen Versuch und bat ihn, mir doch endlich mein Zimmer einzurichten, welches sich immer noch im Umzugszustand befand. Er verstand nicht, daß ich es im Gegensatz zu ihm, nicht schön fand, mit ihm beim Einschlafen zu kuscheln und seinen Ständer fühlen zu müssen. Erschwerend kam noch der neue Zustand hinzu, daß er sich in mich verliebt hatte. Ich wußte, daß das nicht lange gutgehen konnte. Ein verliebter Mann im selben Bett der u.a. ein enormes Kuschelbedürfnis hatte. Ich kann mich noch an seine Beinhaare erinnern, die jeden Abend an meinen Beinen kratzten. Sein Einschlafverhalten, sich immer dicht an meinen Körper zu drängen, war für mich eine stetige, gefährliche und unangenehme Provokation. Alle Abende bzw. Nächte war ich in einer psychischen Streßsituation, da ich große Angst hatte, er könnte sich eines Tages nicht mehr beherrschen.

Tatsächlich passierte es. Am 25. Dezember 1978 würgte er mich zur Bewußtlosigkeit. Als ich wieder zu mir kam, war er noch immer in mir und küßte meine heraushängende, aufgequollene Zunge. Nachdem er seine perverse Küsserei beendet hatte, stellte er fest, daß er durstig war.

Er bat mich, ihm eine Cola zu bringen. Aus Angst vor einer weiteren Vergewaltigung dachte ich, es sei besser, jetzt nicht aufzumupfen. Ich holte die Flasche und dachte: „Du sollst dein Cola erhalten - ich zieh dir die Flasche über den Schädel." Er mußte meine Gedanken erraten haben, denn er sagte: „Tu nichts, es bringt dir nichts." Natürlich wußte ich, daß er recht hatte. So erhielt er denn auch das Coca im Glas und nicht über seinen Schädel. Wie bereits erwähnt, fand diese sprichwörtliche Vergewaltigung exakt an Weihnachten 1978 statt. Das Datum blieb mir immer in Erinnerung, im Zusammenhang mit Weihnachten und dem Fest der Liebe!

Ein interessantes Detail der Würgegeschichte war: In der ersten Phase des Würgens kam die Todespanik hoch, ich dachte: er wird mich killen. Diese Todesangst zu beschreiben, ist unmöglich. Aber vielleicht habe ich mit der Bezeichnung „grauenhaft" ins Schwarze getroffen. Ich spürte wirklich, wie die Augen aus ihren Höhlen quollen. auch die Zunge schwoll an und hing je länger je mehr aus meinem Mund. Man liest und hört die „Quellgeschichten" ja immer wieder. Bis ich es selber erlebte, hatte ich eine gewisse Skepsis dieser Beschreibung gegenüber. leider mußte ich am eigenen Körper die Erfahrung machen, daß es wirklich stimmt. In den letzten Minuten (quasi Phase 2, der ganze Horror dauerte ca. 4 - 5 Minuten) wich die Todesangst meinem dann größten Elementarbedürfnis „Luft, wie bekomme ich Luft." Ich dachte nicht einmal mehr daran, daß ich sterben könnte. Die Todespanik war weg. Alle Vergewaltigungen (es gab noch mehrere „leichtere" beim Autostop in Frankreich, ich „durfte" die Bumserei bei voller

Besinnung miterleben) haben absolut nichts mit meiner lesbischen Veranlagung zu tun. Mit ca. 9 Jahren schon verliebte ich mich - in die beste Freundin meiner Mutter, d.h. schon lange vor diesen unschönen Erlebnissen konnte ich mich in keinen Mann verlieben.

So oft ich später versuchte zu rekonstruieren, wo und wann ich mir meine tödliche Krankheit geholt habe, es kann nur von diesem Mann gewesen sein. Bei dieser Vergewaltigung ohne Kondom, mit Gewalt und ohne jede Vorsicht und Rücksicht.

Weiter in der Beschreibung, wie ich mein Leben und alle Chancen mit Drogen versaut habe: Um die anderen Kinder zu schützen, wurde ich aus dieser Klinik entlassen und in die Psychiatrische Universitätsklinik gerichtsmedizinisch eingewiesen. Ca. 4 Monate war ich auf der geschlossenen Abteilung. Wir waren eine buntgemischte Gesellschaft, da war alles vertreten. Schizophrenie. Oligophrenie, Neurotik, Paranoia, Nervenzusammenbrüche, etc. etc. Die bauliche und hygienische Situation damals wie folgt: Vier Frauen jeder Altersklasse und Krankheit in einem Zimmer von 10 - 12 qm (besserer Ausdruck wäre Zelle), das WC offen, einfach eine Schüssel, befand sich links bei der Zellentüre. Die ganze zeit über hockten, vornehmlich die gehbehinderten und älteren Frauen auf dem Töpfchen, da ihnen der Gang zum eigentlichen WC zu beschwerlich war, vielleicht war es auch nur Faulheit. Tagsüber war mir das relativ egal, denn dann befand ich mich nicht in der Zelle. Nachts jedoch stiegen sie in meine Nase, die uns allen bekannten Gerüche von Exkrementen, meistens noch untermalt mit musikalischen Geräuschen. Unglücklicherweise befand sich mein Bett direkt vor der WC-Schüssel. Da das Nachtlicht immer brannte, sah ich die meist alten, und manchmal ganz nackten Frauen an mir vorbeigehen. Ihre Beine waren, was in diesem Alter normal ist, voll von Zellulitis. ich fragte mich jedesmal, ob diese

Frauen nicht als wandelnde „Jaffaorangen-Plakatsäulen" ihre Renten etwas aufbessern könnten.

Natürlich war das absolut keine Hilfe für mich. Der Psychiater hatte maximal eine Stunde pro Woche Zeit um mich zu „therapieren". Wieviel das nützte, können Sie sich wahrscheinlich gut vorstellen.

Da nützte mir das Medikamentenwägeli einiges mehr. In unbeobachteten Momenten grabschte ich wahllos nach den „Bonbons" und schluckte sie hinunter. Das ging schnell, denn Übung macht den meister. Ich wurde jedesmal aggressiv und tobte herum. S nahm ich alles, was nicht niet- und nagelfest war und warf die Dinge gegen die Wand. Den ganzen Ausbruch untermauerte ich mit lautstarkem Gebrüll. „Ich will raus hier, ich halte das nicht mehr aus." Es folgte jedesmal folgende Betreuung: Drei Krankenpflegerinnen packten mich und ich wurde in eine eigens dafür bestimmte leere Zelle mit Bodenmatratze geworfen. Die Hose wurde mir vom Leib gerissen. Es ging nicht anders, da ich mich körperlich wahrte und ich als athletischer Typ und den damaligen sportlichen Aktivitäten einige Kraft hatte. Sobald das Gesäß freigelegt war, knallte man mir eine Spritze (intramuskulär) in den Hintern hinein. Nozinan hieß das Wundermittel. Der Schlüssel wurde gedreht. Schluß für heute. Die Patientin X wurde bereits behandelt.

Am nächsten Tag wurde ich aus dieser Spezialzelle entlassen. Der letzte Ausbruch brachte dann „die große Wende". Man ließ mich ca. 3 Monate in dieser Zelle mit Bodenmatratze schmoren. Täglich spielten sie zwei bis dreimal „Dart" mit mir. Jedermann kennt ja dieses Pfeilspiel, bei welchem mit den Pfeilen auf die Zielscheibe geworfen wird. Leider war die Zielsicherheit des Personals nicht sehr gut, was mit den krummen Nadeln bewiesen wurde, die sich versehentlich in meinen Knochen eingebohrt hatten. Natürlich war es auch schwierig, mir den „Schuß" richtig zu setzen, denn ich wehrte mich mit Händen und Füßen jedesmal dagegen. Mit der Zeit mußte ich erkennen, daß mir mein defensives Verhalten nichts nutzte. Im Gegenteil, die ganze „Behandlung“ wurde schmerzhaft, da man nur hektisch und somit teilweise falsch stechen konnte. Das Teufelszeug drückte meinen Blutdruck auf 40 zu 60 hinunter. Natürlich war ich „ruhig gestellt“, und zwar so, daß ich sobald ich aufstand, ich quasi am Rande eine Kollapses stand, mit allen bekannten Symptomen (Schwindel, Übelkeit, kalter Schweiß, Zittern). Das Problem wurde von mir gelöst, indem ich zur Schüssel krabbelte. Zu erwähnen sind auch noch die grauenhaften Schmerzen, welche infolge der Spritzhäufigkeit (dreimal pro Tag) im Muskel auftraten. obschon „geswitcht“ wurde (mal das reche, mal das linke Bein) konnte ich auf beiden Seiten nicht mehr liegen.

Zur körperlichen Pflege wurde mir ein Becken mit Wasser neben die Matratze gestellt. Einmal pro Woche durfte ich zum Duschen gehen. Eine Pflegerin hielt mich, während die andere mich mit dem Waschlappen „putzte“. Besuchsrecht hatte nur meine Mutter, die mich ein einziges mal besuchen kam, sie litt zu sehr unter diesem Anblick. Jedoch versuchte sie, mich herauszuholen, was ein unmögliches Unterfangen war, da ich ja gerichtsmedizinisch eingewiesen war. Als letzte „therapeutische“ Maßnahme wurde mir das Rauchen bis auf drei Zigaretten täglich von einem Psychiater untersagt. Zum Glück war das Pflegepersonal noch etwas human und steckte mir heimlich genügend Zigaretten zu.

Die drei Monate verbrachte ich quasi als Tote. Das injizierte Gift hinderte mich an Aktivitäten wie z. B. lesen oder die Lösung von Kreuzworträtseln zum Zeitvertreib. Kein Besuch, keine Gespräche, immer allein. Ich lag dort und hörte Radio. SWF 3. Spätestens nach dem 5. gleichlautenden Nachrichtenblock mochte ich nicht mehr diese ewigen Wiederholungen hören und drehte auf „off“.

Während dieser Erlebnisse hatte ich mir geschworen, mir nie mehr im weiteren Leben von Ärzten Vorschriften machen zu lassen.

Ich wurde nun verlegt in ein Heim für weibliche Teenager, welche Probleme mit den Eltern haben. Ich freute mich enorm, denn diese Verlegung hieß doch: Wieder mit anderen zusammen zu sein, reden und lachen zu können. nicht mehr alleine eingeschlossen zu sein, kurzum: Leben zu dürfen. Das Aufnahmegespräch mit der Heimleiterin (eine korpulente ältere Frau) belehrte mich jedoch anders. Ich zitiere: „Wir haben uns über dich Gedanken gemacht und sind zu der Schlußfolgerung gekommen, daß du die erste zeit hier in Stille lebst.“ Ich war geschockt. Ich traute meinen Ohren nicht. Am liebsten hätte ich herausgebrüllt: „Verdammt noch mal, ich habe genug Stille hinter mir.“

Um nicht wieder in die Psychiatrische Uniklinik zurückverlegt zu werden, zähmte ich meine Zunge. Ich akzeptierte diese Situation, weil ich keine andere Möglichkeit sah. Das Zimmer war wenigstens sehr hübsch. Etwa 6 Wochen lebte ich wieder in „Stille“, dann wurde sukzessive immer mehr Stunden herausgelassen. Ca. ein halbes Jahr war ich in diesem geschlossenen Heim und es gefiel mir sehr. Besonders die damalige Stellvertreterin der Heimleiterin hatte es mir angetan. Ich war verliebt in sie und genoss dieses Gefühl. Daß da nie etwas passieren würde, wußte ich natürlich, da sie ein Vollbluthetero war und ist. Aber mir war das egal. Ich konnte langsam Vertrauen zu ihr aufbauen, mich langsam öffnen. Eine sehr wichtige platonische Beziehung, wir führten lange und für uns beide aufschlußreiche Gespräche. Endlich hatte ich wieder einmal eine Beziehung von Dauer. Noch heute haben wir Kontakt miteinander.

Meines Erachtens wurde ich zu früh aus diesem Heim entlassen. Im Klartext: ich fiel in die Drogenlaufbahn zurück.

Meine Mutter hatte mir ein kleines Appartement bei dem CVJM besorgt (christlicher Verein junger Mädchen). Da ich mich ungehörig benahm, d.h. ich hatte manchmal späte und etwas laute Besuche, warf man mich von einer Stunde auf die andere hinaus, im Winter. Zu meiner Mutter konnte ich einmal mehr nicht zurück, sie hatte die Schnauze voll.

Da stand ich wieder, mit 17 Jahren noch ein halbes Kind, war ausgesetzt, dem Schnee, der Kälte, den Männern und dem Wind.

Ich mietete mir ein kleines privates Zimmer. Alle die dort wohnten waren normal. Nichts von „christlichen" Gedanken. Meine bittere Erfahrung im und mit CVJM gab mir folgende Erkenntnis: Profilierung durch christliches Geplapper, Handlungen sehr unchristlich. Oder soll ich den Rauswurf im strengsten Winter von einer Stunde auf die andere als christlichen Akt ansehen?

Bisher hatte ich nur negative Erfahrungen mit dem christlichen Gedankengut gemacht. Doch trotz allem bin ich heute noch in der Kirche. Generell versuchte ich als gute Christin zu leben. D.h. ich richte mein Leben nach den 10 Geboten von Moses. Diese finde ich sehr gut, beinhalten sie doch die Forderung nach Respekt für Mitmenschen. Daher meine ich sagen zu dürfen, daß ich trotz meiner Äußerungen und trotz meiner miserablen christlichen Erfahrungen eine gute Christin bin.

1978 bekam ich eine Torschlußpanik betreffend der beruflichen Ausbildung. Ich ging in den Einzelhandel absolvierte die Lehre. Mit Erfolg, dem ersten in meinem Leben! Man mag es nicht glauben, aber in diesen 3 ½ Jahren nahm ich nur noch sehr selten Medikamente etc.

1981 jedoch geriet ich an die nächste „wohlmeinende Kollegin", welche mir Heroin anbot. Ich merkte, daß Heroin mich frei machte von meinen unerträglichen Angstgefühlen. Das gefiel mir natürlich, und so begann ich eine neue Laufbahn, die eines Fixers. Mit allem was dazu gehört, nämlich dem sozialen Abstieg. Beschaffungskriminalität, Dealen und manchmal Prostitution (in einem Salon, nicht auf der Straße, nur geschützt, da ich die Pille nicht nahm. Und nur an den Wochenenden). Ende 1990 verlor ich die Stellung, die ich hatte und stand einmal mehr vor einem von mir versuchten Trümmerhaufen. Mangels eingehender Mietzinszahlung verlor ich etwa einen Monat später auch die Wohnung. Das war weiter nicht so tragisch, denn 2 Wochen später fand ich bereits ein neues Zuhause: ich befand mich die ersten 7 Monate im Untersuchungsgefängnis. Wie in der psychiatrischen Uniklinik fand ich auch dort inakzeptable hygienische und räumliche Bedingungen vor. Die ersten zwei Wochen wurde ich mit einer Leidensgenossin in eine Zelle gesteckt, welche nur ca. 6 qm groß war. Kein Wasser vorhanden, kein WC! Mäuse tummelten sich herum, die frechsten wagten sogar einen Ausflug auf meinem Rücken, was ich irgendwie niedlich fand! Wir mußten uns mit einem Kübel, welchem ein Toilettenring aufgesetzt war, zufriedengeben. Wenigstens durften wir, genau gesagt die Kollegin diesen Kübel täglich leeren. Ich war dann noch nicht fähig, war ich doch auf Entzug - ohne medikamentöse Hilfe, versteht sich von selbst. „Turky" schieben nennt man den kalten Entzug. Durchfall (dies bei diesen engen und unhygienischen Verhältnissen).

Schweißausbrüche und Frieren sind die typischen Merkmale. Ich bedauerte meine Zellengenossin und nach jedem Durchfall entschuldigte ich mich bei mindestens dreimal. Sie nahm das locker „es gibt schlimmeres". Erst nach fünf Tagen ließen sie uns duschen. Zum Glück riecht man seinen eigenen Gestank nicht so wie jenen der anderen. Ich fühlte mich eklig und mir grauste vor mir selbst. Die Dusche war ein wahrer seelischer Orgasmus. Leider erst viel später mußte ich erfahren, daß diese Zelle (eine

Notzelle) auch als solche nicht mehr benützt hätte werden dürfen. Aber da war es bereits zu spät, endlich kamen wir in eine ordentliche Zelle. D.h., mit Lavabo (nur kaltes Wasser, angenehm speziell im Winter) und, man staune, mit einer richtigen Toilette, welche sogar durch einen Paravent abgedeckt war. Auch ließ man uns des Öfteren duschen, soweit ich mich erinnern kann, alle zwei Tage. Je nach Raumbedarf werden wir laufend umgetopft, d.h. Zellenwechsel waren an der Tagesordnung. Manchmal war die Polizei sehr fleißig und verhaftete viele Frauen (täglich ein bis zwei neue Häftlinge). Tja, wohin mit all den Weibern?

Kein Problem: Man lege zwei Bodenmatratzen in eine Einzelzelle, zu dritt geht das schon, wir sind ja kein Hotel hier. Somit waren wir drei Frauen in meiner Einzelzelle, diese wies eine Größe von 10 qm auf. 24 Stunden lang, exklusive die tägliche halbe Stunde Hofgang, der uns gesetzlich zustand. Aber nicht einmal diese halbe Stunde gönnte man uns immer. Wenn es der Aufseherin nicht paßte, aus welchen Gründen auch immer, mußten wir den ganzen Tag über in der Zelle bleiben. Da ich bereits die besten Erfahrungen hatte mit dem „in Stille leben", konnte ich diese Zeit moralisch relativ gut über die Runden bringen.

Da ich gerade nicht mit Nozinan vollgepumpt war, mochte ich lesen. Die Bibliothek (etwas muß auch positiv erwähnt werden) war reichhaltig und deckte viele Interessengebiete ab. Nach den 7 Monaten konnte ich in den vorzeitigen Therapiemaßnahmevollzug gehen. Die Gerichtsverhandlung und somit das Urteil standen noch aus. Diese fand nach ca. 6 Monaten Therapieaufenthalt statt. Die Richter folgten dem Ratschlag meines Therapeuten und setzten die Strafe im Maßnahmevollzug (Hindelbank 2,5 Jahre) zugunsten der Therapie fest. Natürlich hatte ich mich bis zur Verhandlung brav verhalten - schließlich wollte ich nicht in den Knast. Sobald das Urteil feststand, begannen meine kleinen diversen Freveltaten: Immer wieder Absturz mit Heroin, versteht sich von selbst. Als ich einmal unerlaubt in den Ausgang ging, wurde ich von der Polizei am Zielbahnhof verhaftet. Die Überraschung und natürlich auch das Ärgernis waren ganz auf meiner Seite. Mein Therapeut ließ mich weitere 3 Monate im Untersuchungsgefängnis schmoren und verlangte von mir ein neues Eintrittsgesuch mit Begründung. Das tat ich denn auch, offenbar schrieb ich die richtigen Zeilen. Bald war ich wieder in der Therapiestation und stürzte nie mehr ab.

Der Grund: Ganz einfach, ich hatte die Nase gestrichen voll, immer kämpfen zu müssen. Ich wollte nicht mehr, ich wollte endlich einmal zur Ruhe kommen. Somit darf ich mich heute zu dem kleinen Prozentsatz von, ich glaube es sind 3 Prozent zählen, die vom Heroin losgekommen sind. ich glaube, nach all den vorherigen Flops darf ich darauf stolz sein!

1984 hörte ich zum ersten mal das Wort „AIDS“. Ein makaberer Scherz: Was ist die Definition von der Abkürzung „Aids“?
A=ab, I=in, D=den, S=Sarg! Oder : Auch ich darf Sterben.
1986 (Herbst)

Der Therapeut ließ mich erstmals halbtags arbeiten (in der nahe gelegenen Großstadt, in welcher ich später zu leben plante). Quasi als Test, ob ich die Freiheit richtig nützen wußte. Und das tat ich auch, denn ich hatte mir geschworen, nie mehr harte Drogen zu nehmen. Im Spätherbst wurde ich ganz aus der Therapie entlassen. Ich freute mich sehr auf die kommende Zeit. Ein Gedanke beseelte mich besonders: ich muß nie mehr kämpfen. Ich fühlte mich gefeit vor jeglicher Unbill, die das Leben zu bieten hat und somit war ich gestärkt für meinen weiteren Lebensweg. Ich hatte es erreicht, vom Teufelskreis Heroin und Kokain loszukommen.

1986 (im Winter) machte ich den Aidstest, da ich wußte, daß ich zur Risikogruppe gehörte. Ich war der festen Überzeugung, daß das Resultat „negativ" heißen würde. Ich ließ mich nicht meinetwegen testen, (was ich nicht weiß, macht mich nicht heiß. Nein, mein Verantwortungsgefühl meinen späteren Partnerinnen trieb mich dazu. Ca. 2 Wochen später mußte ich zur Konsultation, um das Testergebnis zu erfahren. Telefonisch wollte der Arzt das Resultat nicht mitteilen. Da diese Arztpraxis neu eröffnet und sicher noch nicht ausgelastet war, kam ich zuerst auf die Idee: Klar, telefonisch bringt's weniger, als wenn ich eine örtliche Besprechung mit ihm habe. Es stellte sich heraus, daß diese Annahme falsch war. Das Testresultat war **positiv.**

Nun wurde mir sehr schmerzhaft bewußt, daß das „nie mehr kämpfen müssen" ein Traum war. Meine ersten Gedanken waren diese: "Mein Gott, meine arme Mutter. Sie ist doch so froh, daß ich es endlich geschafft habe. Soll ich ihr diese Information geben?" Ich ging zurück an meine Arbeitsstelle und arbeitete in gewohnter Weise weiter. Ich kümmerte mich nicht darum. Das einzige Problem für mich war und blieb es auch in den kommenden Jahren : Sag ich es meiner Mama? Wenn ja, wie und wann? Drei Jahre wartete ich mit der Hiobsbotschaft, ich gönnte ihr diese Jahre ohne weitere, neue Belastung. Allerdings: Hätte ich damals bereits gewußt, daß mein jüngerer Bruder auf tragische Weise um sein Leben kommen wird (1991) hätte ich mit dieser Nachricht bis zum merkbaren Ausbruch gewartet.

Und ich akzeptierte die große Zynik in meinem Leben
akzeptierte, daß mir ein kämpferisches Leben vorgegeben.
Und ich wußte, ich darf jetzt nicht ans Aufgeben denken
bis heute laß ich mich von meinen inneren Kräften lenken.

Die große Tragik in meinem Leben ist und war, daß ich, obwohl ich lesbisch bin, und Männer nicht ausstehen kann, doch von einem Mann angesteckt worden bin mit dieser

Krankheit, beim Fixen und auch sonst habe ich immer an alles gedacht, aber die Male wo ich vergewaltigt worden bin, und es nicht an mir lag, an oder während einem dieser Male ist es passiert.

1989 (Sommer) saß ich mit meiner Mutter auf einer Restaurationsterrasse beim Nachtessen und informierte sie über die Realität, da ich wußte, daß der Ausbruch wohl bald zu erwarten war. Und da ich Verständnis von ihr erwarte, wenn es mir schlecht geht, mußte ich ihr die Wahrheit sagen.

Sie nahm meine Hand und sagte: „Oh Gott", das war alles. Kein Blabla, keine Hysterie und schon gar keine Vorwürfe. Tränen stiegen in ihren Augen auf. Die Art, wie sie die zwei kleinen Worte aussprach, drückten ihre ganze Gefühlswelt aus . Ihre Stimme und ihre Augen waren so traurig und ich hatte ein schlechtes Gewissen ihr gegenüber. Einmal mehr fühlte ich mich als Versagerin. Später (nach dem Ausbruch) wird sie mich mit ihrer ganzen Mutterliebe auf meinem Leidensweg begleiten. Das wußte ich bereits.

1990 ging ich in die Abendschule um das Diplom zum eidg. dipl. Einzelhandelskaufmann zu erlangen. Ich großes Pech: Zwar konnte ich den mündlichen Prüfungen teilnehmen, nicht so an den schriftlichen, welche fast vier Wochen später stattfanden. Dies aus nicht aidsbedingter Krankheit. Ein baldiger Nachprüfungstermin wurde nicht gegeben. Es war mir relativ egal, da dieses Diplom wahrscheinlich so und so nutzlos für mich war (Krankheit). Das Wissen aber habe ich ja trotzdem, das kann mir niemand mehr wegnehmen.

Ich wollte noch etwas Verrücktes tun und wußte, daß die kankheitsfreie Zeit bald vorüber sein würde. Ich kündigte den tollsten, interessantesten Job, den ich je hatte. Immerhin hatte ich mich in den vier Jahren nach der Therapie zur Direktionssekretärin in einer bekannten

Detailhandelskette hochgemausert. Zwei Gründe für diesen doch relativ raschen Aufstieg kann ich mir wie folgt denken: 1989 war der Arbeitsmarkt zugunsten der Arbeitnehmer. Und sicherlich spielte das Glück auch eine große Rolle. Geriet ich doch mit meinem Chef an einen äußerst humanen Chef und an einen äußerst toleranten Vorgesetzten. Zu human wahrscheinlich für seine Vorgesetzten. Und natürlich waren da auch Intrigen seiner Untergebenen im Spiel. Es wurde ihm fristlos gekündigt, während ich mich in den Ferien befand. Aber sicher darf ich auch meine Einsatzbereitschaft als Grund für den Aufstieg sehen. Freunde nannten mich bereits eine „Workaholic", was auch stimmte. Das Abtauchen in die Arbeit war mein Substitut für Drogen.

1991 (Januar) saß ich in der Businessclass in Richtung USA. Den genauen Zielort nenne ich absichtlich nicht. Auf jeden Fall reiste ich in einen stets sommerlichen Staat. Ich verbrachte die zwei tollsten Jahre meines Lebens, gesundheitlich schien mir das warme Klima gut getan zu haben, was übrigens auch der Hauptgrund für meine Wahl des Aufenthaltes war. Doch alles hat einmal ein Ende.

Gesundheitliche, familiäre und visatechnische Probleme zwangen mich zur endgültigen Rückkehr in die Schweiz. Ich kehrte nicht in die vor dem Aufenthalt gewählte Großstadt, sondern in mein Heimatstadt, zurück. Dies vor allem meiner Mutter zuliebe. Sie hat Besseres verdient, als im Alter alleine zu sein. Pro memoria: ihr jüngster Sohn starb auf tragische Weise 1991, ihren geliebten Ehemann verlor sie bereits 1993. Der Ältere hatte zwischenzeitlich ein Ausländerin geheiratet und wohnt in deren Heimat. Wenigstens ein Familienmitglied von ehemals vier, sollte an ihrem Lebensabend in Ihrer Nähe wohnen. Das hat sie wirklich verdient!

Ich richtete mich also in meiner Heimatstadt häuslich ein. Viel zu früh bin ich nicht aus den USA zurückgekehrt. Nebst dem aidstypischen Pilz, mit welchem ich bereits in den Staaten 1992 die erste Bekanntschaft machen durfte, brach die Krankheit im Februar 1994 aus. Dies in Form einer Lungenlymphknotentuberkulose. Somit ist mein Lebenslauf beendet. Ich bin froh, denn die negativen Ereignisse wühlen heute noch in mein Gefühlsleben auf.

(Psychiatrische Uniklinik, Untersuchungshaft, Übergangsstation für junge weibliche Teenager, etc.)

Die beste Mutter aller Zeiten

Hättest dich gefreut auf uns alle drei
Leider sind wir heute nur noch zwei
Und ich kann dein großes Leid verstehen
verspreche Dir: ich werde nicht auch gehen!
Ich habe Dir viele Sorgen bereitet
Zu oft bin ich im Leben gescheitert
Heute ist es noch schlimmer geworden
Mit meiner Krankheit mache ich Dir große Sorgen
Wenn Du erkennst, wie ich leide unter Schmerz
leidet es auch, dein liebes Mutterherz
Verzeih mir, Mama, verzeih!
Sag mir, woher nimmst du sie, deine Kraft,
welche Du in deinem Herzen hast?
Alles zu verstehen, das Lachen nicht aufzugeben
und für mich zu sorgen, für mich zu leben
Wenn ich krank war als kleines Kind
wie schon doch diese Erinnerungen sind,
warst du auf meinem Bett gesessen, lange nicht gewichen,
hattest mit deiner Hand durch mein Haar gestrichen
Hattest oft in deinem Leben verzichtet,
deine ganze Mutterliebe auf uns drei gerichtet
Musstest alleine deine schere Bürde tragen
und dachtest nie daran, aufzugeben oder zu verzagen.
Danke, Mama, danke!
Du bist die beste Mutter, die man haben kann
die beste Mutter aller Zeiten, bitte glaub daran!
Bist zu meiner besten Freundin geworden,
sag mir: was mache ich, wenn du gestorben?
Ich habe große Angst vor diesem Tag,
daran zu denken ich gar nicht mag!

II. Wundertüte Aids - Welche Krankheit darf´s denn sein?

Eine Übersicht über die möglichen und bei mir bereits ausgebrochenen Krankheiten, bedingt durch Aids.

Mal Hand aufs Herz: Welche Krankheiten fallen Ihnen spontan ein, wenn Sie das Wort „Aids“ hören? Erlauben Sie mir, vorzugreifen und die Krankheiten zu nennen, welche Ihnen mit Sicherheit einfallen werden, da von den Medien (TV, Zeitschriften, usw.) permanent genannt.

1. ***Lungenentzündung****
2. ***Hautkrebs****
3. ***Diarrhö****
4. ***Nachtschweiß****

Erläuterung:
Die mit * gekennzeichneten Krankheiten habe ich persönlich bereits erfahren. Diese vier von den Medien aufgegriffenen typischen Krankheitsbilder von Aids sind ausgenommen des Hautkrebses harmlos und bereits schon als Lappalien zu bezeichnen. Sie werden das verstehen, wenn Sie nachfolgende, von den Medien nicht breitgetretenen möglichen Krankheiten erfahren. Sie werden feststellen, daß mit Aids eine bunte, vielfältige und abwechslungsreiche Palette mit den verschiedenen Krankheiten angeboten wird.

TUBERKOLOSE* ***(geschlossen, nicht übertragbar) in den Lungenlymphknoten***
Datum: Februar 1994

Symptome:
- Hohes Fieber (bis fast 41 Grad)
- starke Schmerzen beim Husten (als Raucherin hustete ich oft), derart schmerzhaft, daß mir die Tränen kamen

und ich Angst hatte vor jedem weiteren Hustenanfall. Trotzdem rauchte ich (reduziert) weiter.

Behandlungsdauer:
Ein volles Jahr entsprechender medikamentöser Therapie. Gegen die Symptome nahm ich täglich 4 Postan, die den Schmerz beim Husten linderten und das Fieber auf erträgliche 38 Grad dezimierte.

Pilzbefall:
Datum: Seit 1993 laufend.

1. Im Rachen
Symptome: Weißfleckiger Belag, sieht wie Angina aus.

Mit Entzündungsschmerz, selbst das Leerschlucken verursacht derartige Schmerzen, daß ich jedesmal aufwachte. Behandlung mit diversen Medikamenten: Diflucan, Mycostatin, Sporanox, Pefrakehl.

In der Zwischenzeit ist der Pilz resistent geworden.
Mit Fungizone dem stärksten Pilzmittel konnte binnen zweiwöchigen Infusionen von jeweils 6 Stunden der Pilzbefall bekämpft werden. Erstmals im heißen Sommer 1994. Infolge der Hitze bis zu 36 Grad wuchte der Pilz ins uferlose.

2. An der Speiseröhre
Analog 1:
Dieser Pilzbefall birgt noch die zusätzliche Gefahr des Gewichtsverlustes, da das Essen mit grauenhaften Schmerzen verbunden ist. So verlor ich während meines USA-Aufenthaltes innerhalb zweier Monate 10 Kilo und wog mit einer Körpergröße von 166 cm noch 45 kg. Dies infolge einer Fehldiagnose: Angina und Speiseröhrenknick.(genaue Beschreibung im Kapitel Weißkittel). Infolge Pilzbefall mußte ich bereits mehrere Male große Gewichtsverlustes

hinnehmen. Die grauenhaften Krämpfe in der Speiseröhre sorgen für regelrechte Atemnot.

3. in der Vagina
Medikamentation analog 1. + 2.
Schmerzloser Pilzbefall, jedoch mit unangenehmen Geruch, zu vergleichen mit rezentem Käse, kein Juckreiz, wie sonst bei Pilzen üblich.

4. im Blut
Der wohl perfideste Pilzbefall - man sieht und fühlt ihn nicht, erst wenn es zu spät ist. Er zeichnet sich verantwortlich für Erblindung, Taubheit, Idiotie und letzt endlich den Tod.

Empfehlenswerte (weiche, nicht pilzfördernde) Nahrung bei starkem Pilzbefall: ***Suppe, Teigwaren, Reis, Kartoffelbrei, etc.*** (letztgenannten 3 Beilagen zusammen Brätkügeli, Pastetenfüllung oder Tomatensoße, etc.) Salate, Gemüse und Obst (basische Nahrung).

Übrigens: Wußten Sie, daß Sie nur mit Bananen überleben könnten? Sämtliche, lebensnotwendigen Vitamine und Nähr- bzw. Aufbaustoffe sind in den Bananen enthalten.

Weißes Fleisch (Geflügel, Fisch), am schmerzloseste n sind die Filetteile. Der Zwieback löst sich durch seine Beschaffenheit in Brei auf und ist somit weitaus weniger schmerzhaft beim Hinunterschlucken als normales Brot.

Getränke: Alles ohne Kohlensäure. Denn aufstoßende „Blubbles“ erzeugen einen grauenhaften Schmerz in der Speiseröhre, welcher etwas gelindert werden kann durch „ausgelebtes“ Rülpsen. Das kann aber zu sehr peinlichen Situationen in der Öffentlichkeit führen, wenn man sich z. B. in Verkehrsmittel, Restaurant, oder so befindet. Quasi: *Mein Gott junge Frau, wo ist denn ihre Kinderstube geblieben?*

Nahrungsmittel, welche zwingend bei Pilzbefall auf die Sperrliste gehören (harte, pilzfördernde):

Brot allgemein, weil es nicht wie der Zwieback zu Brei wird, sondern es beinhaltet weiteren Pilz, nämlich Hefe. Und erst recht muß man auf Köstlichkeiten wie Zopf und Gugelhupf verzichten. Beides sind absolute Pilzbomben. Und wie stark ist in mir die Sehnsucht nah einem frischen Zopf, dick mit Butter bestrichen.

Wie sehr wünsche ich mir zum Frühstück wieder einmal einen Gugelhupf!

Rotes Fleisch ist ebenfalls pilzfördernd und sollte gemieden werden. Aber auch aus Gründen des Schmerzes beim Hinunterschlucken. Fleisch ist zu hart, auch wenn es bis zu dreißig mal gekaut wird.

Milchprodukte generell: Der Grund dafür ist, sie sind ebenfalls pilzfördernd. Auf Nahrungsmittel, welche gut „runterflutschen", muß daher verzichtet werden (z. B. Joghurt, Quark, etc.). Doch Pilz hin oder her: Auf meine geliebten und sehr guten Rahmsaucen an diversen Teigwarengerichte, Tortellini mit Basilikum, Maccaroni mit Lachsstreifchen etc. verzichte ich nicht. Ebenso wenig auf die Milch in meinem Kaffee. Meine letzte Zeit soll nicht nur von Entbehrungen gekennzeichnet sein.

Zucker: „Mr. Funghis Leibspeise". Auf süße Nahrungsmittel sollte möglichst ganz oder mindestens teilweise verzichtet werden.

Pilzfördernde Medikamente: Diverse Antibiotika fördern den Pilz, weil nebst den „bad Boys" auch die „good Boys" eliminiert werden. Sicher können Frauen, welche ihre fluor vaginalis mit Antibiotika behandeln ließen, bzw. Personen, die eine Lungenentzündung mit Antibiotika therapierten, ein

Lied davon singen: Die fluor vaginalis oder die Lungenentzündung ist geheilt, dafür sitzt der nächste Feind in den Schleimhäuten von Vagina und Rachen. Ungebetener Gast: der Pilz.

Pilzförderndes Wetter: Hitzetage wie im Sommer 1995 (bis zu 36 Grad) lassen den Pilz aufs Unerträgliche gedeihen. Selbst meine Ventilatoren, in der ganzen Wohnung auf die Höchststufe eingestellt, brachten keine Linderung.

Zur Zeit ist diese Krankheit mein größtes Sorgenkind in meinem Krankheitskatalog, denn:

Pilz kann zur Ertaubung oder Erblindung führen
Pilz kann mich auch zur „Idiotin" machen
Pilz letztendlich kann mich töten, wenn der ganze Körper übermäßig befallen ist. Ein nicht zu unterschätzender Feind!

Und der Pilz, wird er mich eines Tages ermorden?
Heißt es dann : Die Arme ist am Pilz gestorben?

Der Körper eines jeden, auch gesunden Menschen, ist gänzlich mit diversen Pilzen befallen. Nur merkt der HIV-Negative nichts davon, da er ein mehr oder weniger gutes Abwehrsystem hat, welches mit „Mr. Funghi" alleine, ohne medikamentöse Unterstützung spielend fertig wird.

Zusätzliche Auswirkungen bei starkem Pilzbefall in der Speiseröhre:

1. Rasanter Gewichtsverlust, da ich aufgrund der Schmerzen fast nichts mehr essen kann (acht bis zehn Kilos in sechs bis acht Wochen).
2. Synergieeffekt, Vitaminmangel. Vitaminzufuhr durch Medikamente fast nicht möglich, da Einnahme ebenfalls sehr schmerzhaft ist.
3. Weiterer Synergieeffekt durch erneut geschwächtes Immunsystem zwangsläufig höhere Anfälligkeit auf alle Krankheiten.

Hilft Dir niemand, dann hilf Dir selbst!
Während der heißen Sommertage fand ich eine Lösung, wie ich den Schmerzen im Rachen etwas entgegentreten kann. Ich erinnerte mich daran, daß mein Arzt im Kantonsspital (med. Unipoliklinik) einen Abstrich vom Pilzbelag machte. Ich fragte ihn, ob man nicht gleich den ganzen Belag abschaben könne. Er meinte, das nützt nichts, der Pilz kommt sofort wieder. Das war mir klar - trotzdem hatte ich die Vision einer zumindest schmerzlindernden Auswirkung. So kaufte ich mir lange Wattestäbchen und bekannt mit dem Ausschabungsakt, Pilzteile, die sich so nicht lösen ließen, wurden durch eine Spezialbehandlung entfernt: Man gurgle ganz stark mit Wasser (gewürzt mit Salz oder Essig). Dann muß richtig herausgepreßt werden. Vorzugsweise beuge man sich dabei ganz tief über das Lavabo.

Und wenn man mit den Nachbarn weiterhin auf gutem Fuß stehen will, empfiehlt es sich, vor dieser Auskratz- und Preßaktion die Fenster zu schließen.

Ganze Pilzfetzen kommen da heraus, es ist eine wahre Freude! Ein richtiges Erfolgserlebnis, welchem ich zwischenzeitlich mindestens einmal täglich fröne. Nach dieser Behandlung wird der Rachen noch mit Mycostatin mittels Pipette direkt behandelt. Meine Annahme mag vielleicht falsch sein, aber ich habe das Gefühl, daß das Medikament besser wirken kann, wenn es nicht auf einen dicken Pilzbelag stößt. Übrigens ist dieser Belag oft so dick, daß das Halszäpfchen doppelt so groß wie üblich ist und ich bereits den bekannten Brechreiz stetig fühle. Sicher kennen Sie alle das unangenehme Gefühl, welches entsteht, wenn der „Onkel Doktor“ den Hals unter Mithilfe der bekannt-berüchtigten Holzstäbchen sich etwas näher anschauen möchte. Ekelhaft und man meint doch tatsächlich, daß „der Lift bald hochkommt“. Tabletten ohne Glasur (Padma, Cetriprin etc.) halten in den Pilzbelägen kontinuierlich eine Zwischenstation in der Speiseröhre. Somit entsteht auch hier dieser ekelhafte Würgeeffekt. Auch hier gilt wieder: franko Domizil mitgeliefert..!

Die Ausschabung und Auspressung des Pilzbelages verschafft mir einige Erleichterung. So verschwindet z. B. der stete Brechreiz und auch die Entzündungsschmerzen werden zumindest auf ein Erträgliches reduziert. Somit bewahrheitete sich meine Vision der Linderung.

Nun erlaube ich mir wieder zu rauchen, ca. 1,5 Päckli täglich. Früher rauchte ich bis zu 3 Schachteln täglich, nun habe ich dies aus selbstdiziplinarischen Gründen reduziert. Die Medikamente freut es, ihre Wirkung soll so angeblich besser sein. Die AHV-Behörden stört es wahrscheinlich, denn je weniger die Menschen (in der Schweiz) rauchen, um so weniger erhalten Sie davon Ihren Obolus. (In der Schweiz ist die AHV Alters- und Hinterbliebenen Versorgung mit einem kleinen Beitrag an jedem verkauften Zigarettenpäckchen beteiligt). Aber ich habe deshalb kein schlechtes Gewissen - denn die Chance, daß ich mit dieser Krankheit AIDS das AHV-Alter (65 Jahre) erreiche, ist doch gelinde gesagt, äußerst gering. Nicht nur bei Aidskranken, sondern auch bei Rauchern - denn das Rauchen ist ja angeblich so schädlich, daß wir alle frühzeitig an Krebs sterben und nicht einmal in den Genuß der AHV-Zahlung kommen werden.

Hierzu möchte ich bemerken:
Während meiner ganzen Patientenkarriere habe ich viele Krebspatienten kennengelernt (schätzungsweise 250 an der Zahl), Raucher und Nichtraucher. Nur zwei von Ihnen allen hatten Lungenkrebs. Drei der Nichtraucher litten an Kehlkopfkrebs.

Mit Sicherheit sind die explodierenden Kosten im Gesundheitswesen auf ganz andere Gründe zurückzuführen: Da ist das „durchschleusen“ von halben

Mumien (über 90 Jahre alt, bettlägerig, etc.) Da haben wir im Sommer den schwarzen Regen, der sich in die weißen Gartenmöbel hineinbeißt; im Winter den schwarzen Schnee. Und all das atmen wir täglich ein. Es gibt immer mehr Asthmafälle und Leukämie bei Kindern und Kehlkopfkrebs bei Nichtrauchern. Mein Vater stoppte mit dem Rauchen, als er Familienvater und 48 Jahre alt war. Dies aus seinem Verantwortungsgefühl seiner vierköpfigen Familie gegenüber. Armer Papa - du hättest ruhig weiterrauchen dürfen - du bist ja trotzdem nach zwei Jahren gestorben. Allerdings nicht an Lungen-, sondern an Leberkrebs. Meine Mutter, welcher alle Ärzte infolge eines Lungenfehlers ein kurzes Leben vorausgesagt hatten, falls sie mit dem Rauchen beginnt, schlotet seit ca. 40 Jahren 2-3 Schachteln und weilt noch immer unter uns, seit ein paar Jahren ist sie AHV-Bezügerin. Natürlich hört man ihren Zigarettenkonsum an ihrem sehr starken Husten. Besonders wenn sie lacht, erscheint als Begleiter immer dieser furchtbar tönende Raucherhusten, tief aus der Brust grollend.

Wenn ich mit ihr telefoniere und sie wieder einmal einen Lach-, verbunden mit einem Hustenanfall hatte, hatte ich Angst, daß ihre Lungen durch den Hörer und die Leitung durchkriechen. Aber Hauptsache ist doch, daß sie noch lebt und daß sie das leben in vollen Zügen genießen kann!

Das ist ein eingeschobener Appell an die lieben, teilweise ekelhaften intoleranten Nichtraucher, doch einmal darüber nachzudenken, von wo ein großer Anteil des AHV-Einkommens stammt - nämlich von uns grauenhaften, degoutanten Rauchern...

Gehirnentzündung*

Symptome:

Krämpfe in den Beinen, gestörte Balance, Müdigkeit und Schwäche in den Beinen

Krämpfe: Sie brachten mich fast zum Wahnsinn. Sie kamen besonders, wenn ich in liegender Stellung war, so z.. B. insbesondere nachts, während des Schlafes. Wie beim Pilz, wurde auch hier das so wichtige Durchschlafen unmöglich. Mindestens alle 10 Minuten hatte ich einen Krampf irgendwo in meinen Beinen. Interessanterweise jeweils nur an den Zehen über die Füße bis über das Schienbein hinauf. Wenigstens hatte ich in den Waden nie eine Krampferscheinung. Das ist eigentlich nicht so üblich, finde ich.

Zusammengefaßt wurden **nur** die Regionen mit Krämpfen befallen, welche sich unterhalb der Kniescheiben befinden. Tagsüber tauchte dasselbe Problem auf, da ich wirklich nur liegend schlafen kann. So war an ein **Nachschlafen** gar nicht zu denken. Vier Tage und Nächte litt ich unter diesem Umstand. In der vierten Nacht, als ich wieder einmal einen Krampf in den Zehen hatte und versuchte, durch Auftreten des betroffenen Fußes dem Krampf Herr zu werden, drehte ich fast durch. meine Leidensgrenze war bei weitem überschritten, ich ertrug das angesammelte Schlafmanko nicht mehr, und schon gar nicht diese ewigen Krampferscheinungen.

Erstmals seit Anfang des Krankheitsausbruches mochte ich nicht mehr kämpfen. Um 03.00 Uhr nachts schaute ich an die Schlafzimmerdecke (oder vielmehr an die Folterkammerdecke) . Ich stöhnte laut auf, „Oh, Gott, bitte hol mich doch endlich - ich mag nicht mehr weiterleben.“ Tränen kamen und ich weinte, was eine große Ausnahme ist. Plötzlich merkte ich, daß ich einen sprichwörtlichen Monolog geführt hatte, denn es kam keine Antwort. Das

Gefühl der unschönen Einsamkeit, nämlich das **sich verlassen fühlen,** stieg in mir hoch. Noch nie hatte ich mich in meinem Leben derart einsam gefühlt.

Ich lebe nämlich alleine in meiner 4-Zimmerwoohnung. Das hat Vorteile und auch Nachteile. Gott, an welchen ich meine verzweifelte Bitte richtete, hatte zu diesem Zeitpunkt entweder Oropax in seinen Ohren oder aber er ist - wer weiß es - taub bzw. Schwerhörig.

Der Beweis für meine Hypothesen liegt wohl genügend stark darin, daß ich heute, ca. 10 Monate später nach meinem Stoßgebet noch immer lebe. Ist das mein Schicksal, meint dieses etwa, daß ich noch nicht genug gelitten habe, um mir meinen besten Freund, den Tod zu senden? Damit mich dieser von Pein und Qual endlich einmal erlöst? Oder ist es gar mein sehr stark vorhandener Kampfgeist, der mich an der Erlösung hindert?

..Und zum ersten mal wünschte ich mir den Tod
daß er mich befreien mag von Pein, Qual und Not.

Am Folgetag legte ich eine **Jammerstunde** bei meiner Mutter ein, deren beste Freundin im **Light-House** als freiwillige ehrenamtliche Helferin arbeitet. Diese kennt das Problem von ihren „Sorgenkindern“ und empfahl die Einnahme von Magnesium, da ein offensichtlicher Mangel vorläge. meine liebe Mutter kam sofort mit Magnesium-Dragées angerannt. Sie meinte, daß die Wirkung wohl nicht bereits nach der ersten Einnahme spürbar sei, also daß ich in dieser fünften Nacht noch immer unter diese ekelhaften Krämpfen leiden würde.

Denkste! Ich schlief wie ein Murmeltier die ganze Nacht durch (12 Stunden „en bloc“). Ich hatte keine einzige Krampferscheinung in dieser ersten Magnesiumnacht. Als ich am Morgen erwachte, fühlte ich mich derart gut, daß ich

Bäume hätte ausreißen können. Bonsai-Bäumchen, versteht sich von selbst!

Ich will ja nicht übertreiben! Und plötzlich waren mein Lebenswille und mein Kampfgeist in aller Frische vorhanden. Natürlich gehört das Magnesium seither zu meinen täglichen Medikamenten. Seither hatte ich nie mehr einen Krampf. Wie schön wäre doch, wenn alle schmerzhaften Symptome, wie z. B. auch beim Pilz mit einem solch harmlosen, jedoch sehr wirkungsvollen Medikament eliminiert werden können.

Müdigkeit in den Beinen: Baldige Müdigkeit in den Beinen, bereits nach ca. 100 Gehmetern. Ich schrieb diese Müdigkeit dem zu niedrigen Blutdruck zu. Denn im Januar 94 machte ich gerade wieder einmal eine **Roßkur** gegen den Pilz mit dem blutdrucksenkenden Medikament Diflucan. Die Müdigkeit in meinen Beinen eskalierte und ca. Mitte März 1995 mußte ich mich erstmals fragen lassen, ob ich mich am Fuß verletzt habe, da ich hinkte. Zwar war mir dies schon seit längerer Zeit aufgefallen, daß ich irgendwann seltsam ging. Fast täglich wurde ich angesprochen, ob ich eine Verletzung hätte. Das Hinken ist bereits schon dermaßen eskaliert, daß ich würde ich nicht an Stöcken gehen (seit Juli 1995), mit meiner linken Hüfte den Gehsteig fegen. Eines Tages hatte ich einen plötzlichen Knieeinbruch und stürzte voll auf meine Knie. Das tat verdammt weh, denn schließlich wurde vorher kein roter Teppich hingelegt und die Kniescheiben wurden direkt mit dem ach so weichen Asphalt konfrontiert. meine erste Sorge galt nicht meinen Knien, sondern, Sie werden es nicht glauben, meiner schönen, weißen Hose. Diese hat nämliche einen Souvenirwert, da in den USA gekauft. Das aufgeschlagene linke Knie war eine Nichtigkeit für mich. Zwischenzeitlich wußte ich ja, daß es weitaus Schlimmeres gibt.

Glück im Unglück: Es befand sich kein Loch im Hosenbein. Aus Freude über die Erkenntnis achtete ich erst recht nicht auf den Schmerz, den mir das aufgeschlagene Knie bereitete. Über die Hilfestellung der Zuschauer in diesem Fall gehe ich detailliert ein.

Gänzlicher Ausfall der Muskelkraft in Beinen und Armen
Ende Juli mußte ich auf äußerst brutale Art erfahren, was alles noch auf mich zukommen kann bzw. wird. Ich stand in der Küche und bereitete mir eine herrliche Peperoni-Suppe für den Microwellenherd zu. Plötzlich begannen meine Beine sehr stark zu zittern. Ich sank nach und nach mehr ein. Ca. eine Minute später waren diese total kraftlos, und ich stürzte, wie von der Axt gefällt, zu Boden. Beim Sturz ließ ich mir noch ein paar Sonderheiten einfallen. So riß ich mit meinem fallenden Körper die Türe des Geschirrspülers aus den Angeln und knallte, als ich von der malträtierten Tür fiel, mit meinem Kopf voll auf die Keramikplatten. Wie ein wehrloses Insekt lag ich auf dem Rücken. Die Schmerzen am Hinterkopf waren erträglich. Natürlich dachte ich sofort, steh auf, steh auf! So wollte ich mich erheben und mich in Sitzposition bringen. Doch auch im Rücken hatte ich null Kraft. Ich versuchte mehrere male, mich aufzurichten. Dies mit dem Erfolg, daß ich meinen Kopf jedesmal erneut auf die harte Keramikplatte aufschlug. Ich wollte an das Telefon und dachte mir: kein Problem, ich gehe in die Hundestellung, und versuchte es. Doch bei dieser Aktion mußte ich feststellen, daß sich auch in meinen Armen und Schultern nicht ein Quentchen Kraft mehr befand. Natürlich gab ich nicht auf - endlich nach für mich langer Zeit - schließlich bin ich eine Kämpferin, nach über 3 Stunden schaffte ich es, mich an der Küchenkombination hochzuziehen. Es war einer der heißesten Tage in diesem Jahr mit 36 Grad und unglücklicherweise waren meine diversen Ventilatoren nicht angestellt, was sonst immer der Fall war während dieser Hundstage.

..Und es war Sommer und sehr heiß
und herab tropfte mein Schweiß
All meine Versuche scheiterten kläglich
Ich hatte Angst: geht es so weiter täglich?

Zwischenzeitlich meldete sich mein Bläschen und wollte entleert werden. Gott sei dank hatte ich eine große Seniorenwindel im Slip, so daß diesbezüglich keine Schweinerei entstehen konnte. Doch es gelang mir , meine Bläschen unter Kontrolle zu halten, obwohl die Schließmuskeln fast nicht mehr funktionierten. Nach ca. 4 Stunden der vergleichen Mühe, an das Telefon zu gelangen, gab ich auf. „Glück im Unglück", meine Balkontüre war offen. So schrie ich laut nach Hilfe. Mein Hilferuf galt meiner Nachbarin, welche über meine Krankheit informiert war und mir ihre stete Hilfeleistung zugesichert hatte. Eine sehr sympathische, zuverlässige Dame. Erneut stimmt die Bemerkung „Glück im Unglück": Zwar war sie zu hause, konnte mich jedoch nicht hören, da sie just zu diesem Zeitpunkt Musik hörte und aus nachbarschaftlicher Rücksicht trotz Hitze die Fenster geschlossen hatte.

Und da lag ich am Boden, wehrlos, ohne Kraft in Arm und Bein und fragte mich, welches Schicksal könnte noch schlimmer sein?
Und ich fühlte mich mit meiner Angst einsam und verlassen und begann nun, diese heimtückische Krankheit sehr zu hassen.

Nach ca. einer Stunde des Hilfeschreines - ich wußte gar nicht, wie strapazierfähig meine Stimmbänder sind - hörte sie mich dann doch endlich. Sie kam sofort herüber und fand mich Schweiß überströmt auf dem Boden vor. Natürlich war sie geschockt. Sie handelte aber schnell und hievte mich auf mein Sofa. Trotz meines geringen Körpergewichtes ein strapaziöses Unterfangen für die eher zierlich gebaute und nicht mehr ganz junge Frau.

Ich konnte ihr in keiner Weise entgegenkommen, denn sämtliche Muskeln waren ja lahm gelegt. De facto kam ich mir vor wie eine leblose, aufblasbare Gummipuppe, nämlich sperrig in der ganzen Größe! Während ich wie ein

Elendshäufchen auf dem Sofa saß, fiel mir auf, daß ich sehr hungrig war und natürlich auch durstig. Letzteres infolge des enormen Schweißverlustes, den ich hatte. Die Peperonisuppe wartete ja noch darauf, von mir gegessen zu werden. ich bat meine Nachbarin, die Suppe im Microwellenherd aufzuwärmen und mir zu bringen. Ich freute mich! Die Suppe war heiß und somit konnte ich endlich einmal essen... dachte ich auf jeden Fall. Sie brachte mir die dampfende Suppe auf einem Tablett und stellte dieses auf meine Beine. Durch eine eigene unbedachte Bewegung meiner kraftlosen Arme stürzte die Suppe auf meinen rechten Fuß.

Fazit: Verbrennungen zweiten Grades. Vor Schmerzen brüllte ich wie am Spieß... Die Baumwollsocke, die ich anhatte, konservierte noch diese grauenhafte Hitze. Riesige Blasen hatten sich über dem Verbrennungsherd gebildet, gefüllt mit Wundwasser. Die Größte wies den stattlichen Durchmesser von ca. 5 cm auf. Wie heißt es doch richtig: **Ein Unglück kommt selten allein!**

Meine Nachbarin kam auf die glorreiche Idee, beim „Roten Kreuz“ einen Notfallpiepser zu besorgen... Dieser wird wie eine Armbanduhr stets getragen. In Situationen wie eben beschrieben, ist da Risiko, erneut über Stunden hilflos am Boden zu liegen, gleich Null. Denn das System ist zwar einfach, aber sehr wirkungsvoll: Ich muß auf einen Knopf, welcher in die **Uhr** gebettet ist, drücken. ein im Schlafzimmer installiertes Spezialgerät mit Sprechanlage leitet dann den Hilferuf direkt in die Zentrale des Hilfsdienstes. Die Zentrale ist rund um die Uhr besetzt.

Ein Test bewies, daß man mich selbst dann hören kann, wenn ich mich im ca. 15 m entfernten Wohnzimmer befinde. Das Gerät stellte sich als sehr sensibel eingestellt heraus. Eine der 3 Kontaktadressen wird dann von der Dienst habenden Krankenschwester angerufen. Als solche

Adresse, mit Telefonnummer, habe ich logischerweise die Nachbarin(da sie am schnellsten bei mir sein kann) bestimmt. Auch meine Mutter und mein Hausarzt stehen auf der Notfalliste. Wenn keine der drei Personen erreichbar ist, ruft die Leitstelle sofort den Notfalldienst an. Seit ich den Schmuck am Handgelenk trage, bin ich beruhigt, da ich doch weiß, daß eine solche Horrorsituation nicht mehr vorkommen kann. Eine gute Sache, dieses Notfallsystem.

Übrigens ist dieses Notfallsystem auch sehr empfehlenswert für Personen gesetzteren Alters. Und dies sicher nicht nur einer Krankheit wegen. Vielleicht liebt es Ihre allein lebende Mutter oder Vater, Schaukelstuhl auf der Leiter zu spielen, sei dies beim Fensterputz oder bei einer Hammeraktion in einer Höhe, welche ohne Leiter unerreichbar ist.

Meine Mutter, welche bis ca. 22.00 Uhr nicht erreichbar war (sie schwanzte wieder einmal mit ihren Freundinnen in der Stadt herum), kam am selben Abend sofort zu mir, als sie von diesem Vorfall erfuhr. Einmal mehr wurde mir bewußt, welch wundervolle Mutter ich habe und daß ich doch der größte Glückspilz auf Erden bin, da ich ihr Kind sein darf.

Besorgt schaute sie mich an - und mein schlechtes Gewissen meldete sich einmal mehr. Arme Mama, Du hast immer Probleme mit mir. Auch daß diese Krankheit eigentlich nicht mein Verschulden war, tröstet mich nicht. Schluß endlich trage ich die Verantwortung für diese schreckliche Krankheit selbst, weil ich vor ca. 14 Jahren bei meinem späteren Vergewaltiger in die kleine Wohnung mit einzog, und die möglichen Folgen nicht bedachte. Natürlich weiß ich, daß meine chronischen Selbstvorwürfe mein Schicksal auch nicht ändern oder verbessern können, aber ich komme einfach nicht davon los, und falle immer wieder in tiefe Depressionen. Immerzu denke ich, *hätte ich doch nur, wäre ich doch nur, etc.*

Zum Ausgangspunkt zurück: Meine Mutter saß auf dem Bettrand und strich mit ihren Händen über mein Haar. Plötzlich fiel mir auf, daß ich grauenhaften Hunger hatte - die geplante Peperonisuppe befand sich ja immer noch in der rechten Socke und im Bodenlappen. Gottseidank waren da noch Bananen im Kühlschrank. Auf meine Bitte hin brachte meine Mutter mir eine. Und wie ich sie runterschlang! Schließlich hatte ich frühmorgens um ca. 06.00 Uhr lediglich zwei Stück Zwieback als Frühstück zu mir genommen, seither war mein Magen unfreiwillig auf Diät gesetzt. auch das Trinken war mit dem Ausdruck *den Durst löschen*, untertrieben. Ich soff wie ein Scheunendrescher. Während meine Mutter noch bei mir war (bis ca. 01.30 Uhr), trank ich fast zwei Liter Eistee, Coca-Cola etc. Ich, die normalerweise maximal einen Liter täglich an Flüssigkeit zu mir nehme. Ich weiß: der Sollbedarf wäre aufgrund der Medikamente (Schonung von Leber und Nieren) mindestens zwei bis drei Liter. Doch trinken Sie mal so viel, wenn Ihnen jeder Schluck starke Schmerzen in der Speiseröhre bereitet. und auch hier ist einmal mehr der Teufelskreis Pilz geschlossen.

Die Nacht konnte ich relativ gut durchschlafen. Da ich in der Aufregung vergessen hatte, Cetiprin zu nehmen, welches die verminderte Blasenkapazität stärkt (auf diese Krankheit gehe ich noch ein), und ich ja nicht aufstehen konnte, machte ich die nächste, für mich ängstlich und auch bedenklich stimmende Erfahrung. Sobald sich mein Bläschen meldete, war ich infolge meiner Kraftlosigkeit gezwungen, in meine Seniorenwindeln mein Wasser zu lassen. Ein äußerst unangenehmes Gefühl!. Nicht nur die stete Nässe, auch der ätzende Gestank, welcher sich mit der Zeit bildete, waren widerlich. In dieser Nacht bekam ich einen sehr eindrücklichen Vorgeschmack, was mich alles bei gänzlichem Kraftverlust und auch bei Lähmung erwarten würde. Müßte ich wählen zwischen Kraftlosigkeit und Lähmung, wäre mir das erstgenannte Schicksal doch noch etwas lieber. Immerhin würde ich dann noch spüren, wenn ich auf die Toilette gehen muß und vor allem könnte ich, und das ist wichtig für mich, noch eigenständig rauchen und die Körperhygiene erledigen. Mit *nur* fehlender Muskelkraft hätte ich die Chance, meinen Körper noch als lebenden Teil meiner selbst zu empfinden, was bei Lähmung nicht der Fall wäre. Mein Körper wäre durch die Unempfindlichkeit wie ein lebloser Ballast, welcher von Fremdpersonen gereinigt werden müßte. Nicht einmal Rauchen könnte ich dann noch alleine. Welch eine schreckliche Vorstellung!

Den Rollstuhl, welcher mir noch am gleichen Tag in die Wohnung gebracht worden war, konnte ich in der Folgewoche nicht benützen, denn ich hatte einen derart starken Muskelkater in meinen Schultern (von den hundert Versuchen, mich an der Küchenkombination herauf zu ziehen), daß mich selbst das Abreißen von WC-Papier ab der Rolle sehr schmerzte.

Die wundersame Auferstehung einer kraftlosen Aidskranken.

Ich diskutierte mit Mutter noch über den ganzen Vorfall. Nicht nur bei mir, auch bei ihr war die Angst groß, daß dies der Anfang eines tragischen Endes sein könnte. Trotz aller Tragik reichte es noch zu einem kleinen Witz. Ich sagte zu ihr: „Vielleicht handelt es sich hier nur um eine Eintagsfliege, welche, da männlich, keine Eier gelegt hat und somit der Vorfall einmalig ist." Sie meinte, daß das schön wäre. Beide glaubten wir natürlich nicht an diese märchenhafte Chance. Schließlich sind wir beide Realistinnen.

Die Vorstellung, nie mehr gehen oder meine Arme benützen zu können, löste das helle Grauen in mir aus. Ich, welche die Unabhängigkeit so sehr liebe und brauche, den Rest des (dann hoffentlich kurzen) Lebens auf andere angewiesen zu sein - eine Schreckensvision für mich.

Nachdem ich den Schlaf des Gerechten hinter mir hatte und in einem, trotz Seniorenwindeln durchnäßten Leintuch lag, erwachte ich am Morgen um ca.. 09.00 Uhr . Meine erste Tat, wie jeden Morgen, war mich aufzurichten und die erste Zigarette anzuzünden, quasi als ***wake-up-smoking.*** Dies ist übrigens der Hauptgrund, weshalb ich nie mit einer Nichtraucherin mein Bett teilen möchte. Dieses Morgenritual lasse ich mir nicht nehmen, praktiziere ich es doch schon seit über 18 Jahren. Und beim Erwachen bin ich keine Freundin von Worten, schon gar nicht, wenn es sich um Quengeleien und Nörgeleien betreffend der ersten Zigarette morgens im Bett vielleicht noch nach einigen zärtlichen Stunden handelt.

Also weiter: Ich stützte mich auf und angelte nach der Zigarette. Sie haben richtig gelesen: ich stützte mich auf. Dies, obwohl ich noch am Vortag zu einer solchen Aktion nicht fähig war. Sofort zählte ich eins und eins zusammen und mir kam die glorreiche Idee, daß ich vielleicht auch wieder fähig sein könnte, aufzustehen. Meine Zigarette mußte sich noch ein paar Sekunden gedulden, bis sie geraucht wurde. Denn hier schien mir die Prioritätensetzung offensichtlich: zuerst die Bestätigung einzuholen, daß ich wieder okay bin auf bzw. mit meinen Beinen. Die Zigarette kam danach. Tatsächlich, ich konnte wieder aufstehen! Natürlich waren meine Beine noch sehr schwach, ich wankte wie ***Bambi*** auf seinen Stelzen. Ich glaube, ich war zu jenem Zeitpunkt der glücklichste Mensch auf Erden.

...Und es waren meine schönsten Lebensstunden
die Kraft in Bein und Arm hatte sich wieder eingefunden,
das Schicksal hatte sich als gnädig erwiesen,
was mit dieser Geschichte wohl genug bewiesen.

Wie sich ein halbes Jahr später herausstellte, war dieser Vorfall nicht ein Einzelfall. Eines Morgens stand ich auf und ging auf die Morgentoilette in das Badezimmer. Ich stellte ein starken Unwohlsein fest. So hatte ich einen kochend heißen Kopf und sehr starken Schüttelfrost. Da ich einen wichtigen Termin beim Augenarzt wahrnehmen wollte, blieb ich bei meinem Vorhaben und wusch mich, mit der linken Hand am Lavabo haltend. Plötzlich spürte ich, wie die Kräfte in meinen Beinen schwanden und ich immer tiefer zu Boden sank. Siedend heiß fiel mir ein, daß ich meine Alarmuhr noch auf dem Nachttisch liegen hatte. Dieselbe nehme ich beim Schlafengehen immer vom Arm und lege sie griffbereit auf den Nachttisch. Dies, damit ich während des Schlafes keinen Fehlalarm auslöse. Sofort fiel mir die *Peperonistory* ein und ich eilte in mein Bett zurück. Als erstes maß ich die Körpertemperatur, welche mit ca. 40,8 Grad gefährlich hoch war. Ich grabschte nach der Alarmuhr, und preßte den integrierten Alarmknopf. Binnen 10 Sekunden hörte ich die diensthabende Pflegerin des *Roten Kreuzes* durch den Lautsprecher meines Notrufsystems. Das Interview hätte sie ruhig kürzer gestalten dürfen.

„Was ist mit Ihnen?"

„Haben Sie Fieber?"

„Wie hoch?"

„Weshalb können Sie nicht aufstehen?" etc. etc.

Ich mochte mit so hohem Fieber keine Romane erzählen und lallte:" **Bitte lassen Sie jemanden aus der Gemeindepflege kommen.."** Innerhalb der nächsten halben Stunde kam dann tatsächlich ein Pfleger.

Allgemeines zur Gehirnentzündung

Interessanterwesie wirkt sich die Gehirnentzündung vor allem linksseitig aus. Auch im linken Arm bzw. in der linken Hand mußte ich eine Krafteinbuße hinnehmen. Das merkte ich bei den diversen neurologischen Tests und auch, als ich mir eine neue klassische Gitarre kaufte, da ich gerne spiele und vor allem auch komponiere. Im August kaufte ich das Prachtstück und nun verstaubt es (in der Hülle) in meinem Schlafzimmer. Und Fr. 800.—sind zum Teufel. Nach den Ursachen wird noch geforscht - Computertomographie, (Kopfdurchleuchtung, dabei wurden zwei hellere kleine Stellen geortet. Ob es sich hier um die Toxoplasmose handelt oder um einen anderen „Käfer", konnte noch nicht eruiert werden) **MRI** (magnetische Durchleuchtung des ganzen Oberkörpers) und zwei Lumbalpunktionen (ein anderes „Dart-Spielchen"). Mit dicker Nadel wird zwischen den Lendenwirbeln herumgestochert, bis das Nervenwasser, ausgehend vom Gehirn, abgezapft werden kann. Die Lokalanästhesie macht den Einstich in die Lende erträglich, da da die Herumstocherei nicht mehr spürbar ist.

Bei der „Wühlmausaktion", oder der Suche nach der richtigen Stelle, wird es schmerzhaft, wenn versehentlich eine Wurzel tangiert wird. Leider passierte das öfters. Wie ein elektrischer Schlag fuhr der Schmerz in die Gebeine. Trotz Mühsal (auch für die Neurologin) brachte diese erste Lumbalpunktion noch keine nennenswerten Resultate. Und die zweite folgte bald danach. Es gäbe ein ganz neues Verfahren betreffend Analysen von Nervenwasserwerten. doch auch die zweite Lumbalpunktion brachte keine Erkenntnisse. Ich war neugierig wie Nervenwasser aussieht, und ließ es mir von der Ärztin zeigen. Eine weiße, milchig aussehende trübe Flüssigkeit, so sieht das Nervenwasser also aus.

Leider mußte ich unter den bekannten möglichen Nebeneffekten ca. 4 Tage lang leiden: Kopfschmerzen, welche ich mit Ponstan wenigstens etwas lindern konnte.. Dies, obschon ich die empfohlene Ruhezeit von ca. 2-3 Stunden in Liegestellung nach der Punktion mit tatsächlichen 6 Stunden bei weitem befolgt und sogar überschritten hatte. Für einmal war ich eine gehorsame Patientin, was sonst weniger der Fall ist. Aber mit der dringend empfohlenen Vieltrinkerei haperte es (ca. 3 Liter an diesem Tag). Der Grund dürfte klar sein: Mr. Funghi machte mir seit langer zeit wieder einmal das Leben schwer und somit wurde das nötige Trinken zur Qual. Jeder Schluck ein furchtbarer Schmerz.

Die zweite Lumbalpunktion erfolgte bereits sehr routiniert und war nach einer Wühlmausaktion von nur ca. einer

Minute schmerzlos beendet.. Kein einziges Mal wurde eine Wurzel tangiert. Vielen Dank, Frau Doktor, so macht es Spaß! Auch hatte ich keine Kopfschmerzen. Der Grund dürfte wohl darin liegen, daß ich Zuhause eine klare Kraftbrühe zu mir nahm. dieser Tip wurde mir leider erst vor der zweiten Punktion von einer Krankenschwester gegeben. Weshalb nicht schon vor der ersten Behandlung? Nun, die Informationspolitik in diesem Krankenhaus stelle ich auch aufgrund anderer Vorkommnisse in Frage.

Epilepsie

Herbst 94 - Symptome:

Eskalierendes Geflimmer vor den Augen mit plötzlicher Bewußtlosigkeit während ca. einer Stunde. Ein bisher einmaliger Vorfall!

Ich befand mich wieder einmal in der Stadt mit der für Frauen typischen Lust, mein Geld unter die Leute zu bringen. sich selber zu verwöhnen, ist ein extrem wichtiger Motivationsfaktor bei dieser tödlichen Krankheit In Kapital V davon mehr. - Also ich befand mich im Zentrum der Stadt. Plötzlich tauchten vor meinen Augen kleine Punkte auf und verängstigten mich eigentlich gar nicht. Im Gegenteil, ich fand das Geflimmer lustig! Auch als das Geflimmer eine eskalierende Tendenz aufwies, fand ich Gefallen daran! Ich dachte an nichts böses. Als ich das letzte Geschäft betrat (so jedenfalls war mein Vorsatz), passierte es, kaum war ich im Laden, als ich schon stürzte, wie von einer Axt gefällt. Durch das Aufschlagen meines Kopfes am Kleiderständer holte ich mir eine dekorative Wunde an der Stirn. Das Blut der Kopfwunde versaute den Teppich des Geschäftes, was mich eigentlich weniger störte. Vielmehr tat es mir leid, daß auch mein Lieblingsmantel Bluttropfen abbekam.

Nach ungefähr einer Stunde erwachte ich wieder, ich befand mich in der Notfallstation des Kantonspitals. Die Kopfwunde wurde genäht. Ich hatte Glück im Unglück, daß die Haare nicht abrasiert werden mußten. Dies hätte meine Eitelkeit empfindlich gestört. Die Diagnose der Ärzte war sehr aufschlußreich.. Sie meinten, daß es sich um irgend eine Art von Epilepsie handle. Ob eine Wiederholung des Vorfalls möglich sei, konnten sie mir nicht sagen. Meine Frage, ob ein Zusammenhang zwischen dem Anfall und meiner Krankheit Aids bestehe, wurde verneint. In keiner meiner Familien, weder mütterlicherseits noch väterlicherseits war diese Krankheit vorhanden. Eine Vererbung konnte somit ausgeschlossen werden. ***Heute weiß ich, daß Epilepsie Aidstypisch ist !***

Und die Monster hatten wieder zugeschlagen,
warum mußten sie mich erneut so plagen?

Bis heute war dieser Anfall eine „Eintagsfliege".

Folgeschäden

In den drei Folgemonaten hatte ich grauenhaft starke Schweißausbrüche während des Schlafes. Sobald ich mich am Morgen aufrichte, um nach meiner geliebten Morgenzigarette zu angeln, tropfte der Schweiß aus dem Haar über das Gesicht. Das Haar war so naß wie gerade erst gewaschen und nicht frottiert. Der ganze Körper war klitschnaß. Damit ich nicht dauernd das Bettzeug wechseln mußte, legte ich um das Kopfkissen sowie auf das Leintuch jeweils ein Badetuch. Glücklicherweise verschwand das Problem der Schweißnächte (die Schweißanfälle traten nur nachts während es Schlafes auf).

Die zweite, unbequemere und bis heute existente Folgeerscheinung ist die verminderte Blasenkapazität. Zwar kann ich ihr Herrin werden durch Einnahme von Cetiprin, welches die Kapazität steigert. Cetiprin wird übrigens auch bei älteren Personen angewandt, die an Blasenschwäche leiden. Ich persönlich bin begeistert von diesem Medikament, ermöglicht es mir doch das wirkliche

Durchschlafen während der Nacht. Denn ohne Einnahme von Cetiprin (so kurz wie möglich vor dem „ins Körbchen gehen“) müßte ich ca. 6 8 mal das Töpfchen aufsuchen. Doch trotz Cetiprin muß ich mich im Alltagsleben mit der verringerten Blasenkapazität befassen. Bevor ich z. B. in die Stadt gehe, überlege ich immer, wo es auf meinem Weg zugängliche Toiletten gibt. Außerdem lege ich meistens Seniorenwindeln in den Slip, was mir nebst Cetiprin ein zusätzliches Gefühl an Sicherheit gibt. Glücklicherweise mußten diese nie ihre Saugfähigkeit unter Beweis stellen. Natürlich habe ich auch meine Trinkgewohnheiten geändert. So trinke ich z.B. nie Kaffee, sobald sich in der Nähe kein WC befindet. Denn Kaffee hat treibenden Effekt, übrigens auch bei gesunden Menschen. Kurz gesagt: die Blase bestimmt mein tägliches Leben weitgehend mit.

Virale Infektion am linken Auge (Herpes)
Gleichzeitig mit der Gehirnentzündung tauchte dieses neue Problem auf. Auch hier diagnostizierte ich falsch, wie bei der Gehirnentzündung. Den Schatten im linken Auge erklärte ich mir zuerst, daß es sich um eine hängende Wimper handeln mußte. Ein Blick in den Spiegel sagte mir, daß ich mit meiner Anname falsch lag. Der Schatten wurde immer größer. Bald konnte ich ohne Lesebrille nicht mehr sein. Natürlich störte mich dieses Auge, und weiterhin dachte ich falsch: daß sich „irgend etwas“ im Auge befände (z. B. ein Geschwür). Da ich meine letzte Zeit nicht nur in Krankenhäusern und Arztpraxen verbringen möchte, verzichtete ich vorerst auf einen Augenarztbesuch. Aber ich erzählte meiner Mutter von diesem seltsamen Schatten im linken Auge.

Sie wurde sofort stutzig und forderte mich auf, das rechte Auge mit meiner Hand abzudecken. Und da realisierte ich, daß es sich bereits um Blindheit handelte, ca. 75 % meiner Sehfähigkeit am linken Auge waren weg. Der Schock, der diese Erkenntnis auslöste, dürfte verständlich sein.

Erblinden - eine der grauenhaftesten Vorstellungen, die ich habe. Natürlich wußte ich, daß ich mich nicht mehr vor einem Besuch beim Augenarzt drücken konnte. mein Hausarzt wies mich sofort in die Augenklinik ein. Vier Ärzte (davon zwei Oberärzte) starrten in meine vorgängig erweiterten Pupillen. Und bei jedem Arzt mußte ich die Augen verdrehen. Das ist ein äußerst mühsames Unterfangen, wenn es so oft hinter einander getan werden muß. Ich wunderte mich, daß ich von dieser Augenrollerei keinen Muskelkater in den Augen davon trug. Da sich alle vier Weißkittel in offensichtlicher hellen Aufregung befanden, fragte ich, was denn so speziell sei. Ich wurde dahingehend aufgeklärt, *daß diese Art von viraler Infektion äußerst selten in Erscheinung trete. Vielleicht sogar erst seit Ausbruch des Aids-Zeitalters?*

Übrigens starrten mehrere Ärzte (auch die Oberärzte)in das rechte Auge - denn aus ihrer Warte heraus war es das linke. Mit dem Kommentar an den ersten Oberarzt :“Ich kann nichts erkennen.“ Ich machte sie auf ihren Irrtum aufmerksam. Hoffentlich werden nicht viele von solchen Ärzten operiert. - Der Schatten im Auge stellte sich als eine Vernarbung des Sehnervs heraus. Daran nämlich hatten es sich die Viren gütlich getan - und es scheint ihnen geschmeckt zu haben. Am selben Tag begann man mit der Therapie, was tägliche Infusionen mit Cymevene bedeutete. Um keine kostbare Zeit zu verlieren, wies mich mein Hausarzt am Folgetag sofort in die Notfallstation ein, da es Samstag war und der Krankenhausbetrieb somit geschlossen war. Die erste Infusion wurde gesetzt, ca. sechs mal mußten sie stechen, bis sie in meinen vom früheren Drogenkonsum vernarbten Venen fündig wurden. Das macht nichts, denn diese Herumstocherei bin ich an mir mittlerweile gewohnt. Den Vorschlag des diensthabenden Notfallarztes, so bald wie möglich einen Katheder einzupflanzen (natürlich einzuoperieren) fand ich gut. Entfällt doch so die unangenehme und auch schmerzhafte Wühlerei in meinen Venen. Der Arzt wollte es noch dringend an diesem Samstag erledigt haben, weshalb diese Eile, ist mir bis heute nicht klar. Ein paar Tage hätte es die konventionelle Art (im Arm) auch getan.

Er fragte mich, ob ich zum Risiko bereit sei, mich am gleichen Tag operieren zu lassen. Risiko deshalb, weil ich mich ja in der Notfallstation befand und jederzeit ein wirklich Notfall eintreffen könnte, welcher sofort operiert werden müßte. Wohl, weil ich verängstigt war, erklärte ich mich dazu bereit. So durfte ich ab sofort nichts essen (ich hatte noch nicht einmal gefrühstückt) und auch nichts trinken. Eine der Krankenschwestern kam sogar auf die wahnwitzige Idee, mir auch noch das Rauchen zu verbieten. Natürlich überhörte ich dieses Verbot geflissentlich, indem ich meine Ohren auf Durchzug stellte - links ging das gehörte rein, rechts auf direktem Weg wieder raus. Um 15.00Uhr hätte die Operation stattfinden sollen, wenn nicht, wie bereits erwähnt, ein Notfall hereinkam. Sie rollten mich auf der Trage bis vor den Operationssaal. Der Chirurg kam heraus und forderte den Sanitäter auf, mich wieder auf die Station zurück zu bringen. Ich konnte nicht operiert werden, da er tatsächlich einen Notfall hatte. Die interne Kommunikationsfreudigkeit bei den Ärzten scheint doch sehr klein zu sein - so hätte der Chirurg telefonischen Bescheid an die Station geben können.

Natürlich war ich gar nicht erfreut ob dieser Situation. Mein Magen knurrte schon lange und wollte endlich einmal gefüttert werden, auch meine Kehle bedurfte einer Flüssigkeit, da diese (teilweise auch vom Rauchen) trocken war. In diesen Stunden des vergeblichen Wartens verlor ich sage und schreibe eine ganzes Kilo an Gewicht. dies, nachdem ich ja bereits den Gewichtsverlust von 6 Kilos im Januar 95 hatte, welcher von Mr. Funghi stammte. Einen weiteren Gewichtsverlust konnte ich mir wirklich nicht erlauben - übrigens auch heute noch nicht. Und es geht rasant, dieser Gewichtsverlust. Denn ich habe kein Quentchen mehr an Fettreserven. Ich muß aufpassen, daß ich nicht wider zur „Miß Skeletton“ werde. Eine zweite Begebenheit, welche die Kommunikationsfähigkeit von Ärzten und jeglichem System in Krankenhäusern in Frage stellt:

Fragestunde

Als erster Befrager kam der Notarzt und wollte folgende Infos von mir:

Nehmen Sie die Pille? (Mit Bestimmtheit nicht)

Und er schrieb alles in das KG-Dossier (Krankengeschichte). Nach Beendigung dieser Fragestunde folgten die üblichen Untersuchungen (Forschung nach allfälligen seltsamen Lungengeräuschen, „Hämmerchen-Massage“ zur Eruierung der Reflexe in den Beinen, Füßen, Armen, etc.). Man kennt es ja schon.

Als zweiter Fragesteller tauchte der Chirurg auf. Und ich mußte mich erneut derselben Prozedur stellen. Der einzige Unterschied war, daß er nach einem geeigneten Ort für die Einpflanzung des Katheders an meinem Oberkörper suchte. Dies erfolgte durch Abtasten mit seinen Händen. Er fand die geeignete Stelle an meinem Luxusbody. Nämlich direkt unter dem rechen Schlüsselbein. Sein Wahl war, wie sich sehr bald herausstellte, optimal. Denn das „Kästchen“ in meinem Fleisch stört dank der geschickten Plazierung überhaupt nicht.

Nachdem auch er alle Infos in ein neues, eigenes KG-Dossier notiert hatte, ließ er mich in Ruhe und verschwand.. Zwischenzeitlich spürte ich bereits eine große Müdigkeit. Solche Untersuchungen sind anstrengender als man meint. Besonders, wenn die Gesundheit schon angeschlagen ist. **„Nun kann ich endlich schlafen“**, dachte ich voller Freude. Und ich war wieder einmal voreilig, denn der dritte im Bund erschien an meinem Bett. Dieses Mal war es der

Narkosearzt. Und zum dritten Mal mußte ich den ganzen Fragekatalog beantworten und dieselben Untersuchungen über mich ergehen lassen. Und auch er hatte ein separates KG-Dossier, in welches er eifrig hineinkritzelte. Ich war so müde und wünschte nichts anderes, als endlich in Ruhe gelassen zu werden.

Gegen Abend wurde ich auf die Bettenstation im Hauptgebäude verlegt, um anfangs der Woche den Katheder hineinoperiert zu bekommen.. Endlich schlafen! Ich freute mich wie ein Kind auf diese herrliche Aussicht. Und wieder einmal wurde nichts daraus. Der vierte! Arzt, es war der Stationsarzt, betrat mein Zimmer und schleuste mich durch die exakt gleiche Prozedur wie seine Kollegen. Auch er war stolzer Besitzer eines KG-Dossiers von mir und schrieb eifrig seine Hieroglyphen hinein. Ich war so müde, daß ich fast einen Schreikrampf bekam, ich wollte nur eines noch, endlich schlafen können. Doch aller guten Dinge sind fünf!

Der fünfte Weißkittel erschien und das Spielchen wiederholte sich,, diesmal wirklich zum letzten Mal. Bei seiner Befragung war meine Müdigkeit derart groß, daß ich während des Sprechens einschlief.. Meinen Sie, dieses A... hätte mich endlich einmal schlafen lassen? Nicht die Bohne. Er weckte mich auf und faselte folgenden Nonsens: *“Hallo, Sie sind während des Sprechens eingeschlafen... Haben Sie das bemerkt? Also, ich sollte noch wissen wieviel Sporanox und Mycostatin Sie täglich nehmen“* .

Endlich war sie fertig, diese Tortur. Auf Grund dieser Geschichte drängen sich folgende Fragen auf: **Wie effizient wird im Krankenhaus gearbeitet?** Nun, es ist ja allseits bekannt, daß Staatsbetriebe wie dieses Krankenhaus seltsame Gepflogenheiten in Sachen Effizienz und wohldurchdachter Organisation bzw. Disposition haben.

Ein weiteres Beispiel „hervorragender" Organisation: Am Montag, somit am zweiten Aufenthaltstag auf der chirurgischen Station, kamen erneut drei Weißkittel auf mich zu, nämlich der Stationsarzt, der Narkosearzt und ein Assistenzarzt. Sie teilten mir mit, daß die Einpflanzung des Katheders vermutlich am Mittwochnachmittag stattfände. Was heißt denn nun wieder „**vermutlich"?** Wenn ich, wie in der Notfallstation, wieder Pech hatte und einer anderen Operation der Vorrang gegeben würde, hätte ich erneut einen Gewichtsverlust von einem Kilo - und das konnte bzw. kann ich mir wirklich nicht mehr leisten. Da gerieten sie bei mir an die falsche Adresse. Ich war nicht bereit den Lückenbüßer zu spielen. Die Situation in der Notfallstation war etwas anderes. Dort ging ich ja freiwillig das Risiko ein, umsonst einen Tag hungern zu müssen und nichts trinken zu dürfen. - Wütend, wie ich ob dieser Impertinenz geworden war, fauchte ich die drei Weißkittel an: **"Wenn Sie nicht einmal fähig sind, mir einen fixen Termin zu geben, wie steht es dann mit Ihren chirurgischen Fähigkeiten?"**

Ich blickte in betretene Gesichter, die Ratlosigkeit war offenkundig. ***Wie gehen wir mit dieser unbequemen Patientin um, welche sich offenbar nicht alles bieten läßt?*** Zum Schluß brachte ich die Bemerkung, daß es noch andere Krankenhäuser gebe, in welchen vermutlich besser und fairer disponiert werde. Ich nannte den drei Ärzten den Termin, der mir am Vernünftigsten und auch am angenehmsten erschien: nämlich als erste zu operierende Patientin frühmorgens. Das hatte für beide Seiten Vorteile. Für mich lag der Vorteil darin, daß ich nicht einen ganzen Tag hungern und dürsten mußte. Umgekehrt konnten die Chirurgen mit Sicherheit den nächsten Patienten ohne zeitliche Verzögerung unters Messer nehmen. Denn das Einsetzen eines Katheders ist in Gegenüberstellung zu anderen Operationen wie bei Krebs ein Kinderspiel, da keine Komplikationen befürchtet werden müssen. Endlich zeigten sie sich einsichtig und teilten mich fix auf den Mittwoch morgen um 008.00 Uhr ein. Einer der vielen Kämpfe in diesem Krankenhaus, welche ich ausgetragen hatte und die ich gewann!

Die Operation erfolgte, wie vermutet, ohne jegliche Komplikationen. Es war ein guter Chirurg. Mit der naht bin ich sehr zufrieden, man sieht sie kaum. Zwei Tage blieb ich auf der Station, dann erfolgte die Therapie ambulant. Was soll ich ganze Tage und Nächte im Krankenhaus verbringen, wenn eine Infusion nur eine Stunde dauerte? Und da ich *versehentlich* immer wieder an den Geschwindigkeitsregler, dauerte die Infusion nur noch ca. eine halbe Stunde. Nach zwei Wochen Initialtherapie mußte ich nur noch morgens ins Krankenhaus und, was mir ein bißchen das Gefühl der normalen Arbeitswelt zurückgab: die Fünftagewoche wurde eingeführt, d.h. keine Infusion über das Wochenende. Dies hatte auch den großen Vorteil, daß ich über die Wochenende frei war und die Weekends in meine zweite Wahlheimat (jene Großstadt, in welcher ich nach der Therapie 5 Jahre lange lebte), bei meinen dortigen Bekannten verbringen konnte. Natürlich hätte ich mir die Infusionen von Gemeindekrankenschwestern Zuhause setzen lassen können (Home-Service). Aber ich verzichtete darauf, denn ich achte bis heute auf die Beanspruchung meiner Beine. Außerdem tat mir wenigstens eine disziplinarische Aktion gut. Frühes Aufstehen und pünktliches Erscheinen gaben meinem Alltagsleben einen Rahmen, wie wenn ich arbeiten würde. Auch die Kontakte zu den Krankenschwestern in der medizinischen Poliklinik stellten mich jeden Morgen auf.

Seit Februar 96 fallen diese Infusionen aus. Cymevene gibt es nun für mich in Kapselform (als Studie). Übrigens hat Cymevene nebst den guten Wirkungen auch eine äußerst unangenehme Nebenwirkung. So können charakterliche Veränderungen erscheinen, so steht auch in der

Beschreibung, welche (erst auf meine Anfrage hin!!!) von einer kooperativen Krankenschwester aus dem Medikamentenbuch heraus kopiert und mir überreicht wurde. Leider trifft dies bei mir zu.

So stellten alle meine Bekannten, meine Mutter und auch ich selbst ein aggressives und ungeduldiges Verhalten fest, was vorher nicht der Fall war. Ich nenne es sogar Jähzorn, denn ich kann meine Ausbrüche, sprich *„an die Decke gehen"*, nicht steuern. Wie ein Vulkanausbruch jagen unfreundliche Worte aus meinem Mund heraus. Erst nachher kann ich dann wieder klar denken und werde schuldbewußt. Selbstverständlich entschuldige ich mich sofort nach jedem Ausbruch mit den Worten: *„Sorry, aber Sie wissen/Du weißt ja: Cymevene"*. Cymevene hemmt die Vermehrung der Herpesviren durch Blockieren der Virus-DNS. Das gebrauchte Infusionsmaterial gehört in den Sondermüll. Und eigentlich müßten die Krankenschwestern insbesondere während der Vorbereitung der Infusion und beim Stupfakt einen Mundschutz tragen. Denn allfällig austretende Dämpfe könnten eine geplante bzw. bereits vorhandene Schwangerschaft gefährden. Im Klartext heißt das, daß das Baby mit Schäden geboren wird oder die Frau überhaupt nicht mehr schwanger werden kann. Bisher erlebte ich diese Mundschutzmaßnahme erst einmal, und zwar bei einer jungen Krankenschwester, welche noch kein Kind hatte, aber mindestens zwei plante. Ich fühlte mich wie eine Aussätzige! Bei den übrigen Krankenschwestern habe ich dieses Problem nicht, sind sie doch alle älteren Jahrgangs und haben entweder bereits ihre Kinder oder wollen gar keine. Ein Unfall mit dem Cymevene hätte somit keine tragischen Folgen. Für mich auch nicht, denn zwei Gründe hindern mich daran, auch nur im Entferntesten an ein eigenes Baby zu denken:

1. **Meine Krankheit - wer kümmert sich um mein Kind, wenn ich nicht mehr bin?**

2. **Meine Homosexualität. Überhaupt ist es heute fragwürdig, einem Kind das Leben zu schenken. Man denke nur an die Umwelt, an die atomare Bedrohung (durch Kriege oder Kraftwerke) .**

Im Februar 96 stellte sich bei einer Untersuchung heraus, daß sich mittlerweile die Netzhaut vom Auge gelöst hat. Außerdem hatte ich auch die letzten 25 % Sehfähigkeit verloren, was ich bereits einige Wochen vor der Untersuchung bemerkt hatte. Das Auge hatte ich schon seit Beginn abgeschrieben - die 50 %ige Heilungschance nie ernst genommen.

Lungenentzündung

Datum: Februar 1996

Symptome: Hohes Fieber (408) im Gegensatz zur Tuberkulose schmerzlose Hustenanfälle.
Diese Lungenentzündung „**erfreute**" mich, „**gepaart**" mit einem zweiten, gänzlichen Kraftausfall.

Wie beim ersten Mal verschwand auch dieser Spuk nach wenigen Tagen. Der Verdacht meines Hausarztes auf eine Lungenentzündung wurde am Abend mit Röntgenaufnahmen in der Notfallstation bestätigt. Am nächsten Tag wurde ich in das Kantonsspital eingeliefert. Ich hatte derart hohes Fieber, daß ich mich in einem Delirium befand und mir die Tage vor der Einlieferung zum Röntgen heute noch fehlen. Laut Aussage meiner Mutter war ich bereits vorher einige Tage mit hohem Fieber im Bett. Diese Tage sind gänzlich ausgelöscht. Zu vergleichen mit einem Gedächtnisschwund. Ich litt an einem großen Schlafmanko, während drei Nächten konnte ich jeweils nur ca. zwei bis drei Stunden schlafen. Grund: ein von meinem Hausarzt verschriebenes cortisonhaltiges Medikament gegen den Hustenreiz putschte mich auf. Die Wirkung war dieselbe wie bei Amphetamin bzw. Kokain. Das hohe Fieber und das Schlafmanko brachten mich zu Halluzinationen.

Man brachte mich via Sanitätswagen in das Kantonsspital. Während mich eine Krankenschwester auf einem Bett in die Station stieß, erblickte ich eine sehr schöne, luxuriös eingerichtete Badesuite (á la Dallas oder Denver). Wunderbare wellen- und muschelartige Formen aus Keramik zierten den Rand eines hübschen, mit Wasser gefüllte, azurblau gemalten kleinen Badepools. Auf den Muscheln/Wellen befanden sich aus gleichem Material Liebespaare mit einem Schönheitsgrad von Adonis oder Helena. Und dies in ästhetischer, zärtlicher Form. ich war angenehm überrascht und dachte: *„Toll, da muß ich auch einmal baden gehen.“* Am nächsten Tag fragte ich eine andere Krankenschwester, wo sich dieses schöne Bad denn befände. Sie antwortete: *„Wo soll es das denn geben? Das habe ich noch nie gesehen.“* Die Arme hatte nicht realisiert, daß ich mich in einer Welt von Halluzinationen befand. ich mich mit ihrer Antwort zufrieden, denn noch war ich sehr schwach und mochte nicht lange diskutieren.

Andere Halluzinationen: Sobald ich auf eine leere Wand starrte, sah ich regelrechtes *„Kino“*. Da erschienen realistisch anmutende Filme. In Farbe und schwarz/weiß, und dies in 100% realistischer Form. Fast alle Schauspieler kamen mir bekannt vor. Das *„Programm“* änderte laufend und die realistischen Filme wechselten zu Zeichentrickfilmen, aus den Schauspielstars wurden häßliche und zum Teil groteske Fratzen.

Übrigens mußte ich mich während der Behandlung der Lungenentzündung wieder einer Fungizone-Behandlung unterziehen. Bei Laboruntersuchungen meines Blutes stellte man fest, daß ich den Pilzbefall bereits im Blut hatte. Insgesamt sechs Wochen befand ich mich im Krankenhaus, dies in zwei Etappen. Nach ca. vier Wochen wurde ich als geheilt entlassen. Die Fungizone-Infusionen ließ ich mir ambulant geben, nämlich in der med. Unipoliklinik, in welcher ich fast ein Jahr lang die Cymevene-Infusion erhielt. Dies ging eine Woche lang gut, dann hatte ich wieder Fieber von immerhin 39 Grad. Man empfahl mir den Wiedereintritt in das Krankenhaus. Durch Röntgenaufnahmen stellte sich heraus, daß die Lungenentzündung zwar auskuriert war, jedoch fand man jetzt neue Infektionen: Stirnhöhlen-, Kieferhöhlen- und Harnröhreninfektion. Ich nehme an, daß ich diese „*Geschenke* "während meines Krankenhausaufenthaltes erhalten hatte. Zwar ist das Kantonskrankenhaus in hygienischer Hinsicht optimal geführt. Aber da sind die unerzogenen und gefährlichen Patienten, die hustend und niesend die Gänge und auch das Raucherzimmer mit ihren Bakterien berieseln, ohne die Hand vor den Mund zu halten. dies ist der Grund, weshalb ich mich möglichst von stationären Krankenhausbehandlungen distanziere. Doch auch eine psychische Abneigung spielt eine große Rolle. Im Krankenhaus fühle ich mich wie im Vorzimmer einer Leichenhalle. Dieses Gefühl hätte ich wohl nicht, wäre ich lediglich infolge eines Beinbruches oder einer sonstigen Nichtigkeit hospitalisiert.

Mit oder durch die Ansteckung AIDS kann man folgende, teilweise Alterskrankheiten, früher erhalten (Schlechtwerden des Immunsystems): **Altzheimer, Tuberkulose im Gehirn, Lähmung, Zahnfleischschwund, ausfallende Menstruation, Krebs, Gürtelrose, Herpes, Pilzflechten auf der Haut, etc. etc.** Aber an etwas muß der Mensch ja sterben, und das ist gut so!

Humor ist, wenn man trotzdem lacht...

Mycostatin, Pefrakehl, Sporanox, Ampho-Moronal, Diflucan
Mit diesen Bonbons ich den Pilz etwas bekämpfen kann
Doch gegen all das ist der Pilz leider immun geworden
Heißt es eines Tages vielleicht: “Sie ist am Pilz gestorben?“
Doch die Rettung war da - mit Fungizone-Infusionen
Da tun sich 4 Stunden täglich im Spital wirklich lohnen!

Ponstan hilft die Schmerzen des Pilzes zu lindern
Und die schwindende Eßlust etwas zu mildern
Schmerzt mein Hals gar sehr, spraye ich Collunosol
Und meinem gepeinigten Hals wird es wieder wohl.

Dem Blutdruck wird all das natürlich zu viel
Zu tief? Kein Problem, man nehme Effortil!

Die Kapazität meiner Blase ist nicht mehr gut,
Man einfach eine Slipeinlage in den Slip reintut.
Denn meist meldet sich Bläschen immer dann,
Wenn ich mangels WC nicht Pipi machen kann.
Damit ich die Nach durchschlafen kann, s`macht viel Sinn
Nehm ich vor dem Zubettgehen drei Cetiprin.
Emodella nehme ich nur dann,
Wenn ich nicht auf das Töpfchen kann.
Imodium, ein tolles Mittel, ganz einfach Spitze,
Schluck ich, wenn ich zu oft auf dem WC sitze.

Gegen den Virus am Auge erhielt ich Infusionen in die Vene,
Genannt wird dieses tolle Wundermittel Cymevene.
Es hat geholfen, der Virus ist gestoppt, das ging geschwind,
Vorläufig werde ich auf dem rechten Auge nicht blind.

Die Ursache meiner schwachen Beine ist noch nicht gefunden,
Meine Ersatzbeine, die Stöcke, bringen mich über die Runden.
Deshalb gibt man mir kein Medikament
Weil man den Käfer noch nicht kennt!
Die Krämpfe in den Beinen können das Leben verleiden,
mit Magnesium kann ich dieses Problem vermeiden.

Mit Franzbranntweingel reibt meine Mama die Beine ein
Verschwunden sind Müdigkeit und Schmerzen im Bein!

Gegen mangelnde Vitamine nehme ich Benadon,
Supradyn und Vitamin C, namentlich Redoxon.

Kalzium nehme ich zur Stärkung der Knochen und Zähne,
So ist mein Originalgebiss noch zu sehen, wenn ich gähne.

Für eine lebenswerte Lebensqualität nehme man Retrovir
Auch das noch schlucken? Danke nein, langsam reicht es mir?

Jetzt sind alle Bonbons aufgezählt, nun mach ich Schluß,
Weil ich jetzt in das Körbchen zum schlafen gehen muß.

Original von Eva, bitte nicht nachahmen

Appell an das Schicksal

Mein Schicksal, da bin ich - hörst du mich?
Die kleinen Monster in mir - sie sind so widerlich
Immer wieder werde ich von ihnen geplagt
Wollen, daß mein Körper eines Tages verzagt
Die kleinen Monster wollen mich nicht leben lassen
Tun mir viel an, lange schon begann ich sie zu hassen.
Mein Schicksal, bitte hör mir jetzt zu
Dann, ich versprech es dir, laß ich dich in Ruh!
Sei besorgt, daß ich nicht weiter erblinde
Und meine Wege, wie bisher alleine finde
Laß zu, daß ich bis zum Tod noch höre
Es wär schrecklich, wenn ich auch mein Gehör verlöre
Ich möchte weiterhin als intelligentes Wesen leben
Laß mich meinen Liebsten meinen gesunden Geist geben
Dies, bis ich eines Tages gestorben bin
Ich hoffe, dies ist in deinem Sinn
Hör dir noch meine letzten zwei Wünsche geduldig an
Sorge dafür, daß ich bis zum Todestag noch gehen kann
Bitte laß mich in aller Würde in die andere Welt gehen
Ich hoffe sehr, daß du es hörst, mein inniges Flehen.
Viele Wünsche sind's, ich weiß, mein Schicksal -
Aber ich kann nur bitten, mir bleibt keine andere Wahl
Mein Schicksal, hast du mir jetzt auch gut zugehört?
Hast weiß Gott schon genug mein Leben zerstört
Wann hast du von deinen Schlägen endlich genug?
Lächle mich an, mein Schicksal, das gibt mir wieder Mut.

III. Schutzmaßnahmen

Hilfe - ein HIV-Negativer befindet sich in meiner Nähe...!

Wer muß sich vor wem schützen?
Wer ist gefährlicher? Die HIV-Positiven für die HIV-Negativen? Oder die HIV-Negativen für die HIV-Positiven?

Lauernde Gefahren im Sexualleben
Sicher sind die HIV-Positiven im sexuellen Bereich prinzipiell gefährlicher für die Negativen. Allerdings dies nur beim Koitus. Doch hier kann man sich als Negative/r ja schützen, in dem Kondome benutzt werden. Bei den Vorspielaktivitäten wie z. B. Küssen sind die Negativen weitaus gefährlicher für die Positiven. Denn vielleicht ist gerade eine latente (nicht ausgebrochene) Krankheit beim negativen vorhanden, die dem Positiven „hineingeküsst" wird. Für diese Gefahr gibt es keine Vorsichtsmaßnahme. Oder können Sie sich vorstellen, ihren HIV-Positiven Partner, egal welchen Geschlechts, mit Schutz eines Kondoms (über die Zunge gezogen), zu küssen? Erstens gibt es gar keine „Zungenkondome" und zweitens wäre das Gummigefühl an der Zungen mit Bestimmtheit lusttötend.

Lauernde Gefahren im Alltagsleben
Diese Gefahren sind viel größer als jene im Sexualleben. Der Grund ist logisch: wie das Wort ja bereits ausgedrückt, sind sie alltäglich, sogar allstündlich oder gar allsekundlich. Fazit: Die Negativen sind im Alltagsleben für uns Positive sehr gefährlich, was umgekehrt nicht der Fall ist. Denn sie tragen einen ganzen Zoo von Käfern (Viren, Bakterien) in sich. Ihr gesundes Immunsystem aber kommt klar und die „Soldaten" (Abwehrzellen) sind fähig, ohne medikamentöse Unterstützung diesen Käfern den Garaus zu machen. Wahrscheinlich sind Sie schon oft mit einem Tierchen

herumgewandert, ohne diese zu merken, da es zu keinem Ausbruch kam. Stellen Sie sich vor Sie husten (Tröpfcheninfektion) einen Aids-Positiven an, ohne es zu wissen. Vielleicht haben Sie einfach nur vergessen, die Hand vor den Mund zu halten. Vielleicht wissen Sie ja nicht einmal, daß eine ansteckende Krankheit in Ihnen steckt. Aber diese Ansteckung kann für den Aids-Positiven dramatische und sogar tödliche Folgen haben.

Aus diesem Grunde meide tunlichst die öffentlichen Verkehrsmittel zu Stoßzeiten, wo die ausgehusteten Bakterien ihren Ausgang haben und bei mir einkehren Könnten! Diese Maßnahme treffe ich speziell im Winter. Je nach Art von Viren/Bakterien, könnte dies sonst Endstation / der Tod für mich bedeuten. Es ist tragisch, aber wahr, noch immer gibt es Leute, die Angst haben, aus dem Glas eines Positiven zu trinken oder dasselbe Besteck zu benutzen. So fragte z. B. jemand meine Schwägerin, welche ferienhalber ein paar Monate (im Winter) mit ihrem vierjährigen Kind bei mir verbringen wollte, ob sie denn wisse, welche Krankheit ich habe. Sie bejahte.

Die, offensichtlich nicht aufgeklärte, Person hakte nach und stellte folgende Frage: "*Haben Sie denn keine Angst, daß Sie oder Ihr Kind angesteckt werden?*" Ich hatte sie natürlich vorher darüber aufgeklärt, daß nicht ich, sondern sie beide für mich gefährlich werden könnten. Und tatsächlich wurde es gefährlich für mich. Denn es stellte sich heraus, daß ihr Kleiner ständig unter diversen Krankheiten wie Grippe und Bronchitis litt und bei letztem meine Wohnung mit seinen Viechern durch seine häufigen Hustenanfälle verseuchte.

Glücklicherweise wurde ich nicht angesteckt. Dies wohl auch daher, weil meine Schwägerin ihm täglich den Fiebermesser in seinen süßen Kinderpopo steckte, um sicher zu gehen, daß er kein Fieber hatte. Er hatte oft Fieber. Ich suchte dann immer das Weite und seine Mutter sorgte dafür, daß er mir nicht zu nahe kam. Ohne diese zwischen uns beiden abgesprochenen Maßnahmen, hätte es mich auf jeden Fall irgendwann erwischt. Ich bin mir dessen sicher. Sehr geschickt wäre wohl die Maßnahme, stets mit Mundschutz zu sein, sobald man sich nicht allein in der eigenen Wohnung befindet bzw. sobald man das Zuhause verlässt.

Auch der Kältefaktor will noch genannt werden. Kaltes, eisiges Wetter kann nicht nur Erkältungen nach sich ziehen, es wirkt auch sehr erschöpfend auf Kranke wie mich. Der Körper muß, gemessen am geschwächten Gesundheitszustand, infolge seiner Aufheiztätigkeiten zu viel arbeiten. Dieselbe totale Erschöpfung habe ich auch, wenn ich (normale Quantität) gegessen habe und ich aufs Töpfchen gehen konnte. Die Erschöpfungszustände sind dermaßen stark, daß ich subito ins Bett muß. Übrigens haben viele Negative dasselbe Problem, was die Nahrungsaufnahme angeht. Nur ist es ungleich schwächer als bei mir. Ich vermag mich noch daran zu erinnern, daß ich in meiner Berufstätigkeit praktisch gar nichts zum Lunch gegessen hatte (höchstens ein Joghurt oder ein kleines belegtes Brötchen). So war ich auch nachmittags fit und hatte dann einen gesunden Hunger am Abend. Dann wurde gefressen ... die Müdigkeit war nicht tragisch, da ich geistig ja nicht mehr fit zu sein brauchte und ich, wann immer ich das Bedürfnis hatte, den kurzen Weg in mein Körbchen gehen konnte. Übrigens ist das der Grund, weshalb ich dafür sorge, daß mich meine Bekannten bei mir Zuhause besuchen. D.h. lieber die kleinen Strapazen des Kochens in Kauf zu nehmen, als irgendwo an einem fremden Ort ohne wirkliche Schlafmöglichkeit zu sein. Denn eines kann ich nicht ausstehen: wenn ich eingeschlafen bin und wieder geweckt werden muß, damit ich nach Hause gehe. Ich fühle mich dann immer furchtbar „groggy“ und habe die übelste Laune.

Ich hoffe, daß ich mit diesen Zeilen einige falsche Vorurteile nehmen konnte. Beide Seiten, die Gesunden wie auch die Kranken müssen besser informiert werden. Leider werden diese Alltäglichkeiten in den Medien nicht genug publiziert. Halbwahrheiten und Totschweigen bestimmen oft die Informationspolitik. Auch kommen zu viele falsche Personen in den diversen TV-Sendungen zu Wort, nämlich die HIV-Negativen. Diese Nichtigkeiten, die da zum Teil geschrieben bzw. über die dort diskutiert werden, nerven mich . So ist es z. B. doch nicht wichtig, wenn der hilfsbereite Herr Pfarrer seine Erfahrungen wie folgt in seinem Buch beschreibt:

„Und ich schob H. in seinem wackligen Rollstuhl. Im nächsten Restaurant kehrten wir ein und ich fragte H., was er denn trinken wolle. Er entschied sich für ein Mineralwasser".

Dieser Beschrieb ist doch der totale Unsinn. Glauben Sie mir: Wenn man derart schwach und krank, vielleicht sogar gelähmt ist, oder ohne Muskelkraft ist, wird es dem Patienten total schnuppe, ob der Rollstuhl wacklig ist oder nicht. Und ob dieser H. wirklich ein Mineralwasser wollte, stelle ich in Frage. Denn wenn H. derart mies dran ist, hat er wahrscheinlich gar kein funktionsfähiges Immunsystem mehr, so wie ich. Dann hat H. genau wie ich, das Problem des Pilzes in der Speiseröhre. Der Pilz ist ein bekanntes Problem bei den Positiven. Und in diesem Fall hütet man sich besser vor Getränken mit „Blubbies", da deren aufstoßende Wirkung kaum aushaltbaren Schmerz auslösen.

Viel interessanter wäre es doch für die Leser zu erfahren, wie der Herr Pfarrer beim Schieben des Rollstuhles mit den vielen Steinen, die den Rollstuhlfahrern und deren Begleitern in den Weg gelegt werden, fertig wird. Ich spreche da von überhohen Gehsteigborden, Toiletten in Restaurants, die nicht per Lift zu erreichen sind sich z. B. unten befinden. Kurzum Begebenheiten die nicht Behindertengerecht sind. Auch ich mit meinen schwachen Beinen, die ich ja mit meinem „zweiten Paar Beinen“, sprich Stöcken, etwas unterstütze, habe manchmal Schwierigkeiten, die teilweise doch sehr steilen Treppen zu benutzen, insbesondere beim Abwärtssteigen. Doch seit einiger Zeit kenne ich alle Cafés und Restaurants, in welchem ein Aufzug vorhanden ist, welcher auch für mich als Kunden benutzbar ist. Und natürlich kenne ich auch die wenigen Gaststätten, in welchen sich das Töpfchen sogar ebenerdig befindet.

Ich hatte einmal die Erfahrung gemacht, daß es hieß: Der Lift darf nur von Angestellten dieses Hauses benutzt werden. Ich schaute die Bedienung an und sagte: „Ich wünsche Ihnen, wenn auch nur für einen Tag, kraftlose Beine. Vielleicht werden Sie dann menschlicher“. Immerhin, dann verstand sie es, und ich durfte den Lift benutzen.

Mit nachstehender Frage beende ich dieses Kapitel:
Wußten Sie eigentlich, daß ein Aids-Virus außerhalb der Blutbahn praktisch sofort stirbt? In Sekunden! Nein? Nun wissen Sie es!

IV. Stigmatisierung : ja oder nein?

Gesetzlich verordnete Aids-Tests - Pflicht

Es gibt noch heute zu viele FF (Ferien-Ficker), die in die „Sexparadiese“ wie Thailand gehen und ohne Kondom den Geschlechtsverkehr praktizieren. nach ihrer Heimkehr wissen Sie, daß der Aidstest fällig ist. Die einen aber wollen es nicht wissen, um nicht belastet zu werden. Eine oft gehörte und sehr egoistische Denkweise. Andere Männer lassen sich immerhin testen. Sollte das Resultat positiv sein, muß die Partnerin informiert werden. Das wäre der korrekte Weg. Eine dritte Gruppe ergibt sich aus Männern, welche wissen, daß sie positiv sind. Jedoch verschweigen sie ihrer Partnerin diese Tatsache und sind mit ihr weiterhin ungeschützt intim. Die angst vor dem Verlust der „geliebten Frau“ und vor einer evtl. Szene lassen diese Männer schweigen. Das sind die schlimmsten! Wie kann man da noch von Liebe reden, wenn man bewußt das Risiko eingeht, die Partnerin mit dieser furchtbaren Krankheit anzustecken. kein Grund ist Grund genug, um ein solches Verhalten rechtfertigen zu können. Solche Männer sind potentielle Mörder und gehören auf den elektrischen Stuhl! natürlich gilt dasselbe auch für Frauen. Ich konzentriere mich jedoch auf die Männer, weil diese bekanntlich ein ausschweifenderes Sexualleben haben als die Frauen.

Trotz teilweise sehr guten Aufklärungskampagnen seitens des Staates und diversen Aidshilfevereinen lustwandeln noch heute viel zu viele ungetestete, sexuell noch aktive Personen (feminin und maskulin) auf Erden herum und gehen leichtfertig über das Problem der Ansteckungsgefahr hinweg.

Die meist gehörte Begründung der Männer:
„Das Kondom stört mich, es mindert mein Lustgefühl.“
Meist gehörte Begründung beider Geschlechter:

„Ich kann es gar nicht haben." Nach vielleicht bereits 5 Beziehungen, welche waren, als AIDS noch kein bekanntes Thema war und somit ungeschützt geschlechtlich verkehrt wurde? ***„Mein Freund/ meine Freundin ist mir immer treu geblieben, daher kann ich kein AIDS haben!"*** Woher nehmen sich diese Leute eigentlich diese Sicherheit?

Schluß endlich gesteht niemand gerne seinen Treuebruch ein. z.B. via Plakat, aufgehängt am Hals. Text in etwa: ***„Mein Schatz, ich bin gestern fremd gegangen, bitte sei mir nicht böse."*** Wer zu feige ist, den Aidstest zu machen ist vermutlich auch zu feige seinen *„Fehltritt"* zuzugeben.

Natürlich wird trotz sofortigem Test das Ansteckungsrisiko nicht ganz eliminiert. Erst nah 2-3 Monaten ab Ansteckung können die Abwehrzellen erkannt werden, die sich inzwischen gegen das Aidsvirus gebildet haben. Somit ist es von Nöten, mit dem Test ca. 12 Wochen nach dem erotischen Ausflug zu warten. Und solange die Ungewißheit des Resultats besteht, sollte nur noch geschützt (mit Kondomen) koitiert werden. Noch besser wäre natürlich, in dieser Abklärungszeit, die ja mit drei Monaten wirklich nicht zu lang ist, eine sexuelle Pause einzulegen, um das Restrisiko ganz zu vermeiden (Vorspielaktivitäten wie Küssen etc.).

Da auch heute immer noch so viele Menschen verantwortungslos denken, sage ich als persönlich Betroffene **Ja** zur gesetzlich vorgeschriebenen Aidstest-Pflicht, Zumindest sollten alle Bürger/innen, die sexuell noch aktiv sind, gesetzlich einen ersten Test machen müssen. Damit hätte man endlich einmal einen zuverlässigen Status Quo. Auch hätten HIV-Negative die faire Chance, bei ihrem positiven Partner die Konsequenzen zu ziehen. D.h. entweder Beziehungsbruch oder aber, was eher von Liebe zeugt, keine Trennung, jedoch nur noch geschützten Koitus zu praktizieren.

Stigmatisierung

Auch hier wieder: Ja

Dies hat nichts mit der vor und im 2. Weltkrieg praktizierten Tätowierung der KZ-Häftlinge. Allerdings: wenn nicht bald eine Stigmatisierung eingeführt wird, helfen wir den Kriminellen oder Unvorsichtigen unschuldige anzustecken. Daher befürworte ich eine zwangsweise Stimatisierung, wenn:

- **der Test positiv verläuft**
- **sich Personen partout weigern, sich testen zu lassen**

Es gibt nichts Gemeineres, als aus egoistischen Gründen das Leben eines Partners aufs Spiel zu setzen!

Ich schlage z. B. vor: mit einem kleinen Stempel dort etwas aufzudrucken, wo es nur für den Sexualpartner sichtbar ist. Z. B. auf dem Pobacken oder oberhalb des Schamhaardreiecks. Nur Personen, die etwas zu verbergen haben, sind gegen diese Schutzmöglichkeit für die noch nicht HIV-Infizierten.

Appell an die speziell maskuline Bevölkerung, welche noch sexuell aktiv ist: Bitte macht den Test und vor allem seid ehrlich zu den Partnern/Partnerinnen. Unschuldigen kann so ein schwerer Leidensweg erspart bleiben. Sie lieben doch Ihren Partner/Ihre Partnerin, oder? **Wer gehört zu den Risikogruppen?**

Bekannte Risikogruppen

Homos

Prostituierte speziell drogenabhängige auf dem Beschaffungsstrich. Sie treiben es je nach ihrer Situation auch heute noch ohne Kondom, sofern die Kasse stimmt.

Freier

Fixer, Übertragungsweg durch Nadeltausch allen bekannt.

Das sind die vier Gruppen, welche permanent von den Medien genannt werden. Diese vier Risiko- bzw. Randgruppen sorgen für die schnellere Verbreitung der Krankheit, vornehmlich aber fast nur unter sich. Somit bleibt die Krankheit quasi, in der *„Familie“.*

Freier, welche gegen Aufpreis Drogensüchtige zum Koitus ohne Kondom überreden, wissen genau, daß die Mädchen/Frauen das Risiko eingehen, infiziert zu werden. Die Sucht hat sie in der Hand! Doch auch der Freier geht das selbstmörderische Risiko ein, von der Prostituierten angesteckt zu werden. **Fazit: Die Krankheit wird nichts ahnenden Freundinnen bzw. Ehefrauen weiter gegeben.** Auf die egoistische Angst, den Test zu machen, möchte ich nicht mehr eingehen.

Appell an solche Freier: Hören Sie doch endlich auf, Ihren eigenen Tod und auch den Tod der Prostituierten zu finanzieren und somit einen langen Leidensweg zu provozieren.

Appell an die Mädchen bzw. Frauen: Überlegt Euch bei Entzugserscheinungen, ob es nicht sinnvoller wäre, einen therapeutisch begleiteten Entzug zu machen. Ich persönlich bin ein Beweis dafür, daß es machbar ist, sofern man im Innersten wirklich aufhören will. Als ehemalige Fixerin stelle ich sogar folgende Behauptung in den Raum:

Es ist wesentlich einfacher, von harten Drogen loszukommen als von den gesellschaftlich akzeptierten „leichten“ Drogen wie Alkohol und Zigaretten. Letztgenannte sind keine Drogen, denn sie benebeln nicht. Trotzdem erwähne ich als Raucherin dieselben. Da beides gesellschaftsfähige Genußmittel sind, ist es viel schwieriger, davon loszukommen.

Da gibt es Leute, welche nicht verstehen, daß ich neuerdings keinen Tropfen mehr anrühre, egal, ob sie über meine Krankheit informiert sind oder nicht. In solidarischer Einheit werden von anderen Rauchern ihre Zigarettenpakete gereicht, falls die eigenen aufgebraucht sind. De facto wird man täglich mit Alkohol und Zigaretten konfrontiert. Versuchen Sie mal ihre Diät einzuhalten, wenn Ihnen ein saftiges Kalbsfilet unter die Nase gesetzt wird...

Ein unfreiwilliger Rückfall ist daher eher möglich. Bei den wirklich harten Drogen jedoch muß man die Strapazen und den Weg in Kauf nehmen. und das macht man nur, wenn der Absturz geplant ist. Daß Ihnen eine fremde Person Kokain oder Heroin im Tram, Restaurant oder auf der Straße anbietet, haben Sie wahrscheinlich noch nie erlebt. Falls doch, könnte dies mit Ihrem Aussehen zusammen hängen.

Auch der Detailhandel profitiert vom Alkohol- und Tabakgenuß. Am meisten profitieren in der Schweiz die Behörden. Beim Tabak ist es die AHV. Beim Alkohol profitiert die Patentbehörde. Nebst den jährlichen, aber sehr tiefen Patentgebühren kassiert der Staat eine enorme Umsatzbeteiligung, welche pro Laden ja nach dessen Größe berechnet wird. (Umsatzstärke und Alkoholart, Spirituosen oder leicht Alkohol wie Wein und Bier) Ganz zu schweigen von den hohen Zollkosten .... Übrigens bin ich deshalb so gut über diese Angelegenheit informiert, weil ich bei meinem letzten Job für die Alkoholpatente und auch die Abrechnungen an die Behörden verantwortlich war. **Dieser Absatz gilt insbesondere für die Schweiz, wo Eva lebte.**

Fazit: Väterchen Staat verdient kräftig mit an den ach so die Gesundheit schädigenden Genußmitteln. Welch schizophrene Gesellschaft wir doch sind. Einerseits werden vom Staat teuere Antiraucher und Antialkohol-Kampagnen geführt, andererseits hält Väterchen Staat die hohle Hand hin!

Risikogruppe Ausländer
Damit sind speziell Asiaten und auch Afrikaner gemeint.
Risikogruppe Bisexuelle Männer
Das sind nebst dem biederen Ehemann die gefährlichsten! Weshalb wird das eigentlich verschwiegen? Männer, die sich in einer wirklichen Risikogruppe, nämlich in der Homoszene, sexuell ungeschützt betätigen, und nachher mit ihrer Frau bzw. Freundin ungeschützt intim sind.

Aids - wer ist schuld an der Aids-Misere?

Aids via Direktimport aus Afrika, USA und später auch aus Asien. - Die Krankheit stammt vom afrikanischen Kontinent, wie inzwischen bewiesen worden ist. So hat man z. B. bei in Afrika lebenden Affen den Virus entdeckt. Nun, welches ist denn eigentlich der Übertragungsweg von Affe zu Mensch? Folgende Info fand ich vor kurzem in einer Zeitung:

Es gibt Stämme, welche folgendes Ritual noch heute ausüben: Der Kopf eines lebenden Affen wird in eine Art Schraubstock gesteckt, bis sich das arme Tier nicht mehr bewegen kann. Alsdann wird dem (noch immer lebenden) Affen die obere Schädeldecke aufgeschlitzt. Das Gehirn ist somit zugänglich geworden. Dieses wird dann regelrecht ausgeschlürft.

Wie so oft der Fall bei solchen makabren Quälereien, dürfte auch hier der Grund *„Potenzsteigerung“* Ausschlag gegeben haben. **Nicht zu vergessen, in Afrika wird bei abgelegenen Stämmen noch Sodomie praktiziert!**

Somit erhärtet sich die Tatsache, daß der Direktimport von Aids durch Ausländer, die zu uns als Wirtschaftflüchtige kommen (**Eva war im Gegensatz zu mir, aber im Einklang mit vielen Schweizer Staatsbürgern, der Meinung, daß es wirkliche Asylanten fast keine gibt**) importiert wurde. Auch der rege Sextourismus in den bekannten Regionen wie Thailand und San Francisco (speziell von Homos bevorzugt), trägt zur Verbreitung bei.

Auch dürfte bewiesen sein, daß die Fixer nicht für den Import von Aids verantwortlich gemacht werden dürfen. Fixer haben kein Geld für Ferien übrig. Und das Sexualverhalten ist durch die harten Drogen eher dezimiert.

Kurzfassung:
Direktimport von Aids durch Ausländer, FF´s (Ferienficker, Bisexuelle, Heteros und Homos). Fixer, Prostituierte und deren Freier importieren die Krankheit nicht, sie sind *„lediglich"* für die Verbreitung innerhalb ihrer Gesellschaftsschicht verantwortlich zu machen. Übrigens ist die bis heute andauernde Behauptung, daß Fixer, Homos und Prostituierte für die Krankheit verantwortlich sind, ein verbales Stigma! Wo liegt da denn noch der Unterschied mit dem nur für den/die Sexualpartner/in sichtbaren Stempelchen?

Ein Beispiel aus Österreich: Ein verheirateter Mann ließ sich nach einem ungeschützten Seitensprung auf Aids hin testen. Immerhin, er wollte es wissen. Der Test war positiv. Seiner Frau gegenüber schwieg er, aus welchen Gründen auch immer. Jedoch ist kein Grund, Grund genug dem Partner bzw. der Partnerin diese ansteckbare, leid und schlußendlich todbringende Krankheit zu verschweigen! Der Arzt, welcher auch die Ehefrau behandelte, konnte die Ehefrau nicht über die gefährliche, ansteckbare Krankheit informieren - Arztgeheimnis! Allerdings könnte er sich viele schlaflose Nächte, die er dann hatte, ersparen. Mir ginge die Aufklärung und Leben retten immer vor das Arztgeheimnis. Der Mann hatte weiterhin ungeschützten Geschlechtsverkehr, ein Kondom hätte die Ehefrau mißtrauisch gemacht. Irgendwann ist dann die Frau auch positiv. Der Tod programmiert. Das Verhalten des Arztes hat auch einen juristischen Aspekt. Er macht sich als Mitwisser strafbar. Dieser Fall ist nur ein Beispiel für viele hunderte oder vielleicht tausende andere. Verstehen Sie nun meine Forderung: **„Stigma ja!"**

V. Psychische Aspekte
Wie gehe ich mit meiner Krankheit um?

Die wichtigste Frage lautet ja wohl: *Wie gehe ich mit meiner tödlichen Krankheit um?*

Nach dem Arztbesuch, während dessen ich mein Todesurteil hörte, ging ich direkt wieder zur Arbeit. Ich lebte mein kleines Leben in gewohnter Manier weiter und arbeitete bis Ende 1990 zu 100 %. Eigentlich dachte ich nur daran, wenn ich mit meiner Freundin, welche ich natürlich informiert hatte, intim wurde. Allfällige Verletzungen, d.h. offene Stellen an ihrem Körper, waren ausschlaggebend für einen momentanen Verzicht auf Intimität. Das wohl schrecklichste Schicksal wäre für mich, meine Partnerin mit dieser, zwischenzeitlich weiß ich es ja, sehr perfiden und teuflischen Krankheit anzustecken. mein Schuldgefühl wäre derart groß, daß die Belastung mich wohl sehr bald in das andere Leben bringen würde. Zum Glück ist die Gefahr, daß die Krankheit zwischen zwei Frauen weiter gegeben wird, äußerst gering, wesentlich kleiner bei Heteros und Homopaaren. nebst vielen anderen ein weiterer Vorteil für mich, Frauen den Männern zu bevorzugen! Deshalb ist es ja unbedingt Schicksal zu nennen, daß mich trotzdem ein Mann angesteckt hat.

Zu ärztlichen Untersuchungen ging ich schon gar nicht, solange die Krankheit nicht ausgebrochen war. Weshalb sollte ich auch? Ich wußte, daß die Zeit noch früh genug kommen würde, in welcher ich mich infolge Ausbruchs oft in Krankenhäusern und Arztpraxen aufhalten werden muß. Erstmals somit 1992 (USA), in Sachen Pilz. Übrigens schimpfte der Arzt dort wie ein Rohrspatz, als er via Blutuntersuchung feststellte, daß mein Immunsystem schon total Zero war. Er konnte nicht verstehen, mit welch unverantwortlichem Verhalten ich mein leben aufs Spiel setzte. Am liebsten hätte ich ihm den Song vorgesungen:

„don´t worry - be happy!“ Ich beschloß aber, dies zu unterlassen, erschien mir dies doch etwas zu sarkastisch oder zynisch.

Und da ich das Pilzproblem mit Diflucan im Griff hatte, mied ich weiterhin alle Institutionen, welche sich mit Krankheiten ihr Geld verdienen. Einzige Ausnahme bildete die Universitätsklinik in meiner gewählten neuen Heimatstadt. Ich willigte ein, bei einem damals aktuellen Testprogramm aktiv mitzuwirken. Dabei handelte es sich um Inhalationen, welche vor Lungenentzündung schützen sollen. Das Medikament befand sich noch in der Testphase. Um nicht nur mir, sondern auch anderen Betroffenen helfen zu können, spielte ich gerne den „Testhasen“. Obwohl es äußerst mühsam und anstrengend ist, eine volle Stunde inhalieren zu müssen. Allerdings muß ich gestehen, daß ich nur ein einziges Mal die Prozedur mitmachte. Die Gründe habe ich im VIII. Kapitel aufgeführt. Erst mit dem Ausbruch der Tuberkulose im Februar 1994 fand man mich wieder in einer Arztpraxis vor. Ab und zu ging ich noch in Nachkontrolle, allerdings nur so fort, wie nötig war. Denn die medikamentöse Therapie, und das merkt man ja am besten selber, schlug gut an. Also, was soll ich meine kostbare Zeit in Arztpraxen und Krankenhäusern vergeuden, wenn es auch ohne geht?

Im Frühjahr 1995 sah mich mein Hausarzt wieder etwas mehr. Dann nämlich brach die Gehirnentzündung aus und ich kam ziemlich gleichzeitig auch in den Genuß der viralen Infektion am linken Auge. Seither verbringe ich fast täglich eine Stunde im Krankenhaus für die Infusionen und diversen Sprechstunden mit dem dortigen Stationsarzt. Auch mein Hausarzt kommt ca. alle 3 Wochen zu mir nach Hause. Sie haben richtig gelesen, er macht tatsächlich Hausbesuche, was unter der Ärzteschaft selten geworden ist. Ich bin der Ansicht, daß für Hausärzte Hausbesuche gesetzlich vorgeschrieben werden sollte. Denn heute schleichen zuviel

Ärzte herum, deren Motivation zur Berufswahl nicht der Dienst am kranken Menschen, sondern der Mercedes oder Porsche, somit das Prestigegedenken ist.

Hat Aids mich verändert?

Natürlich vollzogen sich mit der Zeit Veränderungen in mir, was Wertvorstellungen und innere Zufriedenheit angeht. Auf einen Nenner gebracht: ich lebe viel bewußter und kann mich an Dingen erfreuen, welche mir vorher als selbstverständlich erschienen. So empfinde ich mich als größten Glückspilz auf Erden, wenn es mir gesundheitlich gut geht, dies in Relation zu meiner Krankheit. In solch guten Phasen verlange ich manchmal zuviel von mir ab. Weshalb denn diese Eile? Weil ich jeden Tag, an welchem ich fähig bin, die mir selbst übertragenen Arbeiten zu erledigen, bis zur letzten Sekunde ausnützen will.

Wie kann ich mein Schicksal akzeptieren?

Ich bin mit mir selbst ins Gericht gegangen und bin zu folgendem Schluß gekommen: "Es ist mein Schicksal, und ich muß es akzeptieren. Ich bezahle die Rechnung, welche durch meinen früheren Lebenswandel entstanden ist, mit Aids". Eine unverhältnismäßig hohe Rechnung, ich weiß. Aber versuchen Sie doch einmal, im normalen Geschäftsleben eine Rechnung herunter zu feilschen! Je nach Ihrem Geschick gelingt es Ihnen zumindest teilweise, meist aber nicht, und es kommt natürlich auf Ihren Partner an(Kulanz). Mein „Partner" aber heißt Aids, der zu keinen Kompromissen bereit ist und schon gar nicht Kulanz zeigt. Das ist das Leben! Von den tödlichen Drogen kam ich los, nun hält mich der nächste Todfeind in seinen Klauen - Aids.

Und ich hadere nicht mit meinem Schicksal

Erstmals machte ich mir ernsthafte Gedanken über meine Zukunft auch das Ableben, als ich die erste schwere Krankheit hatte (Tuberkulose). Seither beschäftige ich mich gezwungenermaßen intensiver mit meiner Krankheit. Ich bin überzeugt, daß mein eher gleichgültiges Verhalten den schweren Krankheitsausbruch so lange hinaus gezögert hatte. Ich genieße das Leben viel mehr als in all den Jahren zuvor. Was wohl angesichts meines Lebenslaufes auch dann der Fall wäre, hätte ich kein Aids! Aids kann das Leben lebenswert machen. Ausgenommen natürlich in den Phasen der Krankheitsausbrüche. Die Akzeptanz kann nur dann erfolgen wenn man seinen inneren Frieden gefunden hat. Und diesen habe ich offensichtlich gefunden. So hatte ich früher Schwierigkeiten alleine zu sein und fühlte mich oft einsam. Heute liebe ich das Alleinsein, denn ich bin sehr zufrieden mit mir selbst.

Alleine sein ist der Ausdruck für momentanes physisches Alleinsein, d.h. es befindet sich niemand in der Nähe. mein Alleinsein beschränkt sich je nach Hoch- bzw. Tiefphase auf 3 freie Abende. Und diese genieße ich wirklich! Ich brauche diese Abende, an welchen ich mit mir sein kann. Die anderen Abende verbringe ich mit meiner Mutter, welche zu mir nach Hause kommt uns ich meiner Kochkünste erfreut. Ich koche wesentlich lieber, wenn sie bei mir ist. Manchmal kommen auch Freundinnen zu mir, und leisten mir liebe Gesellschaft.

Einsamkeit hingegen bedeutet die innere Isolation. Kein Mensch der hier ist. Nicht physisch, sondern psychisch. Keiner will etwas von mir wissen. In meiner Drogenzeit hatte ich das Gefühl der Einsamkeit sehr oft. Heute, wo ich nur noch nüchtern durchs Leben gehe, kann ich meine Familie und auch meine Bekannten verstehen, daß sie sich von mir zurück gezogen hatten.

Und Sie hadert mit Ihrem Schicksal - Patientin C

Das ist die Zimmergefährtin, welche ich in den drei Tagen des stationären Aufenthaltes hatte. Ein Jahr älter als ich. Angesteckt wurde sie durch ihren Freund, welcher bereits das Zeitliche gesegnet hat. Und Sie haßt ihn für das, was er ihr angetan hat. Aber vielleicht wurde sie ja infiziert, als Aids noch kein Thema war. So wie ich, denn während des Drogenkonsums 1981 - 1983 kannte man nur die Gefahr der Gelbsucht. leider konnte ich nicht mehr über Ihren Fall durch sie erfahren. Der Grund: Sie verschwieg mir, daß sie unter derselben Krankheit litt wie ich. Da ich mich dieser Krankheit nicht schäme, gestand ich ihr diese bereits am ersten Tag ein. Mein Frage, weshalb sie sich denn im Krankenhaus befände, beantwortete sie wie folgt: „Ich habe Hirnschwund" (vermutlich Alzheimer). Natürlich kam mir das spanisch vor. Hirnschwund - eine Krankheit, die bei älteren Menschen erscheint, sicher aber nicht bei so jungen! Die Krankheitsbenennung entsprach der Wahrheit . Aber das Basisproblem, nämlich Aids, verschwieg sie mir. ich erfuhr davon von Patientin H., auf welche ich noch eingehe. Patientin C. hat ein grausames Schicksal. Sie wurde wieder zum Kind. Das merkte ich, wie sie mich um Hilfeleistungen bat bzw. eben nicht bat. Ihr linker Arm war, ebenfalls durch Aids, teilweise gelähmt. So hatte sie verständlicherweise Mühe, den Schnürsenkel ihrer Turnschuhe zu binden. Sie saß dann da und jammerte vor sich hin: „Ich kann meine Schnürsenken nicht binden." Da sie die direkte Ansprache (bitte hilf mir) an mich unterließ, hätte ich diese Bemerkung geflissentlich überhören können, wäre ich ein Biest.

Auf jeden Fall war sie so auf meinen guten Willen angewiesen, merken zu wollen, daß es sich bei ihrem Gejammer um einen Hilferuf handelte. Somit überließ sie mir die Freiheit, ihr Gejammer richtig zu interpretieren oder zu überhören. Mit der direkten Bitte an mich „Kannst Du mir helfen?" wäre ich jedoch gezwungen, eine direkte Antwort zu geben - ja oder nein.

Übrigens ist dieses Verhalten bei Kleinkindern feststellbar. Weil sie noch nicht die direkte Anfrage gelernt haben. Da reicht ja eine Zwängelei, je nach Charakter ein Gebrüll, um Mama auf das Problem aufmerksam zu machen. Das Kind lebt, was auch richtig ist, im „Kindheits-ich". Da C. heute alles andere als ein Kind ist mit Mitte 30, wäre es interessant zu wissen, ob sie auch vor ihrer Krankheit dieses Verhalten hatte oder aber im „Erwachsenen-ich" lebte (mit der direkten Ansprache. Das kann ich nicht wissen, denn ich kannte sie noch nicht im gesunden Zustand. Oder aber ob es die Symptomatik dieser Krankheit ist - das Zurückkehren zur Kindheit. Übrigens zeigte sie dieses Verhalten auch in anderen, gleich gelagerten Situationen.

Ihr Verhalten in folgenden Situationen bewies mir, daß sie ihre Krankheit nicht akzeptiert haben kann:

Nachdem ich von H. über ihre Basiskrankheit erfahren hatte, stellte ich C. Ich konnte nicht begreifen, daß sie mir diese wichtige Information nicht gegeben hatte. Zumal sie ja wußte, daß ich sehr offen mit diesem Thema umgehe - ich gestehe, ich habe Aids. Sie erzählt mir dann von einer „besten" Freundin. Diese hatte sie, seit sie über den wirklichen Grund des Krankenhausaufenthaltes informiert war, nie mehr besucht. Wie ich später erfuhr, kam sie dann doch wieder zu Besuch. Seit dieser sicherlich schmerzhaften Erfahrung ist sie nicht mehr bereit, Aids ein zu gestehen. So log sie eine andere Freundin an, welche bei ihr zu Besuch war. Ich hörte es, da ich mich auch im Zimmer befand.

Deren Anfrage, weshalb sie denn in der Klinik sei, wurde von C. mit „Lungenentzündung" beantwortet. Das geschah allerdings vor dem Besuch der besten Freundin. Hauptsache, diese hat es sich überlegt und ist wiedergekommen. Diesbezüglich müssen auch wir HIV-Positiven mehr Verständnis für die Gesunden aufbringen. Ich bin mir sicher, daß diese Freundin ob dieser Wahrheit geschockt war und die 2 Monate des Schweigens dazu benötigte, mit sich selbst ins Reine zu kommen. Ich weiß aus Erfahrung, daß es eine furchtbare Sache ist zu erfahren, daß ein Mensch, welchen man gern hat, an dieser Krankheit leidet. Nicht nur wir haben Angst um uns, auch unsere Familie und Freunde!

Ich versuchte, C. zu trösten: „Aids ist doch eine gute Gelegenheit, die wirklichen Freunde von den „Bla-bla-Freunden“ auszusieben. Natürlich kann das sehr schmerzhaft und durch die Trauer, sich in einem Menschen getäuscht zu haben, Gesundheit schädigend sein. Daher gilt es, nur das Positive zu sehen. Es ist gut, wenn ich schon heute erkenne, zu welcher Sorte von Freund/in meine Bekannten gehören. Ich habe mich in meinen Freunden nicht getäuscht, sie haben alle weiterhin zu mir gehalten.

Trauerweide

Diesen Namen gab ich ihr, weil sie immer wie abgestellt in die Welt guckt. Sehr selten, daß ich ein Lächeln erkennen kann. Wenn sie aber ein Lächeln über ihre Lippen bringt, ist sie direkt hübsch und macht einen zufriedenen Eindruck. selbst einer meiner Besucherinnen fiel die Trauerweiden-Mimik auf . Und sie sah sie nur für einige Minuten. außerhalb meines Zimmers fragte mich die Besucherin: „Was hat diese junge Frau? Sie wirkt ja so abgestellt, ohne Lebensfreude.“ Meine Besucherin hat sofort erkannt, um welchen Typ von Mensch es sich hier handelt. Auf jeden Fall ist sie keine Kämpferin. Mit dem immer wieder auftauchenden Selbstmitleid sowie dem mangelnden Kampfgeist bestehen geringe Chancen, den Tod hinaus zu zögern.

Tatsächlich hat sich ihr Gesundheitszustand in den letzten Monaten derart verschlechtert, daß sie in das Lighthouse unserer Stadt gebracht werden mußte. (nach unserem Klinikaufenthalt war sie für ein paar Wochen zu Hause bei der Mutter). Dies bedeutet jedoch nicht, daß sie bald sterben muß. diese Krankheit profiliert sich mit absoluten Tief- und Hochphasen. Wie beim Wetter.... Unzählige Male habe ich versucht, sie zum Kämpfen zu motivieren. Mit jämmerlichem

Unterton meinte sie jedesmal, daß sie nicht so kämpfen könne wie ich. Meine Antwort war: "Entweder Du willst nicht kämpfen, weil du keine Motivation zum Weiterleben hast oder aber weil dir das Kämpfen zu mühsam ist und du vielleicht angst hast davor." Natürlich wußte ich, daß sie recht hatte. Es gibt Kämpfertypen und jene Menschen, die zur schnellen inneren Selbstaufgabe verdammt sind. Ich aber meine, daß das Kämpfen gelernt werden kann, sofern man wirklich will.

Wie beim Militär, muß quasi eine Rekrutenschulung gemacht werden C. müßte sich laufend mit dem sicher etwas vorhandenen Kampfgeist gegen die Krankheit wehren. Ich schlug ihr vor, Monologe mit den Monstern zu führen: Sag diesen Bietern ca. 20 mal täglich... und ihr kriegt mich nicht klein, ihr verdammten Monster. Sie meinte nur, daß kann ich nicht. nach dem zehnten gescheiterten Versuch, sie dazu zu bringen, das Kämpfen zu erlernen, gab ich auf. Sie will einfach nicht. Ihr Leben ist ausgefüllt mit Haß auf ihren toten Freund und mit Vorwürfen an Freunde, die sie, so empfindet sie jedenfalls, verraten und verlassen haben.

Daß C. ihre wertvolle, noch vorhandene Energie für den Haß verschwendet, statt diese Energie im positiven Sinn einzusetzen, dürfte ihre reelle Chance, noch mindestens zwei weitere Jahre zu erleben, zusätzlich mindern. dies nebst der fehlenden Akzeptanz ihres Schicksals. Wie bei der ebenfalls furchtbaren Krankheit Krebs ist die innere Einstellung enorm wichtig. Ich persönlich führe täglich Monologe mit den Monstern in mir. *„Ihr kriegt mich nicht klein, mich nicht. Da müßt Ihr euch ein anderes Opfer suchen."* Mit Bestimmtheit haben sie es gefunden: das Opfer heißt C. Sobald ich wieder einmal negativ überrascht werde, ändert sich mein Monolog: *„Gerade im Moment seid ihr die Sieger. Aber wartet nur, ihr Biester! Bald bin ich wieder die Stärkere, sobald ich mich von eurem neuen Überfall erholt* *habe."* Bisher traf das immer zu, auch in Kämpfen, die nichts mit der Krankheit zu tun haben. Zuerst verliere ich einen Bauern, dann setze ich zum nächsten Zug und kann mich zurücklehnen. Schach matt! Das Spiel wird von mir gewonnen.

Abstreiten der Krankheit

Eines Tages hatten wir Streit. Grund: Es störte sie, daß die Nachtschwester um 06.00 Uhr morgens hereinkam, meine Nachttischlampe anmachte, um mir die Infusion (Cymevene) zu geben. C. nörgelte mit Jammerstimme, daß sie schlafen wolle. Ich antwortete lakonisch, daß sie dies ja den ganzen Tag tun könne. Ihre Entgegnung: „Das ist nicht dasselbe." brachte mich noch nicht zum Aufgeben. Ich konterte:" Hör endlich auf,, immer zu nörgeln. Du bist nicht die einzige Aidskranke in diesem Raum. Auch ich habe ein Anrecht, behandelt zu werden." Ihre Antwort:" Das stimmt überhaupt nicht, ich habe gar kein Aids. Ich werde dich bei der Polizei anzeigen wegen übler Nachrede..." Da wurde mir bewußt, daß ihre Krankheit schon in einem fortgeschrittenen Stadium sein mußte. Meine Wut auf sie wechselte in Mitleid.

Wie weit ihr Verhalten auf die Krankheit zurückzuführen ist, kann ich als Laie nicht sagen. Trotzdem scheint mir dies ein wichtiges Indiz für meine Behauptung zusein, daß C. die Krankheit nicht angenommen hat. Wahrscheinlich gilt der sicher allen bekannte Spruch: „Im Wein liegt die Wahrheit" auch in diesem Fall, dies in abgeänderter Form: „im kranken Geist liegt die Wahrheit.."

Vor welchen Krankheit fürchte ich mich am meisten

Alle Krankheiten, die mich abhängig von anderen Menschen machen:

- **gänzlich fehlende Kraft in meinem Körper(wie gehabt)**
- **Lähmung**
- **Erblindung (Pilz und Herpes)**
- **Ertaubung (Pilz)**
- **Idiotie (Pilz)**
- **Alzheimer**

Idiotie wäre für mich das schrecklichste Schicksal, vermutlich noch schlimmer für die Menschen, die mich lieben bzw. gern haben. Ich selbst würde diesen Zustand ja nicht realisieren können. Aber es muß schrecklich sein, die junge doch einigermaßen intelligente Frau als Idiotin erleben zu müssen. Besonders für meine Mutter. Erschwerend für sie wäre noch die tiefe Liebe zu mir. Das eigene Kind wurde zur Idiotin - ein grauenhaftes Schicksal für meine Mutter. Wohl noch schlimmer als der Tod. Möge das Schicksal gnädig sein und mich an einer Lungenentzündung, Tuberkulose oder an einer anderen Krankheit sterben lassen! Bevor ich an einem Sinnenverlust leiden muß.

Auch Sie hat ihr Schicksal akzeptiert: Patientin H.:

H. ist, kurz gefaßt, der gleiche Typ wie ich. Sie nimmt es gelassen, so wie es halt kommt. „Ich kann ja nichts ändern an meinem Schicksal." H. hat einen großen Nachteil: sie ist nicht drogenfrei und erhält die Ersatzdroge „Methadon". Doch wie bei den meisten Mehtadon-Empfängern reicht ihr das nicht aus. Soweit es ihre finanzielle Situation erlaubt, stürzt sie immer wieder ab - mit Kokain und Heroin. Die Einstellung: „Was soll's, ich verrecke ja so oder so bald, ob dies nun eine halbes Jahr früher oder später geschieht, spielt doch keine Rolle" ist sehr verständlich... Aber auch gefährlich, verunmöglicht sie sich hier doch die Chance, wenigstens vorläufig einigermaßen gesund zu bleiben und das Leben zu genießen. Während meines Klinikaufenthaltes war sie ein Aufsteller für mich, im Gegensatz zu C. Im Raucherzimmer haben wir Witze gerissen über unsere Krankheit. Wir lachten oft zusammen. Auch andere Aidspatienten grölten mit. Eine aber verließ jedesmal den Raum, sobald unsere Witzstunde begann. Dreimal dürfen Sie raten! Richtig, Patientin C. Sie konnte nicht verstehen, daß wir über unsere Krankheit sprachen (ständig, wie sie meinte). Und gar kein Verständnis konnte sie für unsere Witze und Sprüche aufbringen. Arme C.! Du nimmst dir jede Chance.

Interessant dürfte noch die Feststellung sein, daß Patientin H. die exakt selben Krankheiten hat bzw. hatte wie ich. Könnte dies damit begründet werden? **Gleicher Typ - gleiche Einstellung - (légère, c'est la vie) ergeben dieselben Krankheiten.**

Falls ja, dürfe bewiesen sein, daß die innere Einstellung den Krankheitsverlauf weitgehend bestimmt und sich die Monster auf die von Natur aus schwächsten Körperteile stürzen. Wenn H. dieselben Charakterzüge wie ich hat, ist es eigentlich logisch, daß sie mir und denselben Krankheiten nacheifert.

Wie vermeide ich Selbstmitleid?
Hier kann ich mich mit einem kurzen Spruch, welcher übrigens seit 18 Jahren meine Lebensdevise ist, sehr klar ausdrücken:

Ich weinte, weil ich ohne Schuhe war,
bis ich einen Mann sah, der keine Füße mehr hatte.

Trösten kann mich dieser Spruch nicht, - es gibt keinen Trost für Todkranke. Über „**Trost**" später. Auch wenn es jemandem schlechter geht, als mir, nutzt mir dies nichts, es geht mir gleich mies. Aber das Bewußtsein, daß es noch schlimmere Schicksale gibt, als das meine, stärkt mich ungemein, sprich hält mich vom Abrutschen in das gefährliche Selbstmitleid zurück. So sind doch z. B. Aidskranke in den Drittweltstaaten und auch in europäischen Oststaaten viel ärmer dran als wir von den wirtschaftlich starken und somit reichen Ländern. Die Diskrepanzen sind folgende:

Unsere Klinken sind Luxushotels. In der dritten Welt stehen lediglich schiefe Wellblech oder Basthütten, welche beim nächsten Monsun weggeschwemmt werden, als Klinik zur Verfügung. Meistens fehlt auch fließendes und sauberes Wasser. Diese armen Menschen haben oft nicht einmal ein richtiges Bett. Von optimaler Hygiene kann in den armen Staaten schon gar nicht gesprochen werden. Im Vergleich zu den Maßnahmen in unseren Spitälern und Arztpraxen sind Hygienevorschriften und insbesondere die Einhaltung solcher praktisch Null. Auch sind die „Armen" fast immer unterversichert oder haben sogar überhaupt keine Versicherung. Somit sind sie auf den Goodwill von uns reichen Staaten und Hilfsorganisationen wie das Rote Kreuz, Caritas etc. angewiesen. Ob das Geld und auch die Ware(medizinische Artikel/Geräte und Medikamente) immer ihren vorgesehenen Bestimmungsort erreichen, stelle ich doch sehr in Frage - besonders bei den Spenden. Wer profitiert davon? Wahrscheinlich einige fette und korrupte Beamte.

Wie will ich von den Negativen behandelt werden?

Positiv! d.h. ganz normal - wie gesunde Menschen behandelt werden. manchmal habe ich das Gefühl, daß das „Requiem" über mich bereits schon geschrieben ist. Dann nämlich, wenn man mir gewisse Aktivitäten wie z. B. den Wohnungsputz nicht zutraut. So hielt ich einen Schwatz mit einer meiner Bekannten. Ich wurde gefragt: „Was machst du gerade, störe ich?" Ich verneinte und erzählte, daß ich am Reinigen sei. Die Reaktion lautete, „Mein Gott, überanstrenge Dich nicht..." Das ist sehr gut gemeint, aber trotzdem denke ich, daß ich absolut fähig bin, meine körperlichen Grenzen selbst zu erkennen und notfalls die Aktivitäten zu begrenzen. Und ich bin nicht zu stolz, fremde Hilfe anzunehmen - Stolz hat bei dieser Krankheit keinen Platz. So habe ich kürzlich bei der kantonalen Aidshilfe eine Haushaltshilfe (für Reinigung etc.) angefordert.

Natürlich könnte ich die Wohnung noch immer selber in Schuß halten, fragt sich nur **Wie?** Bis ich die ganze Wohnung sauber habe, wie ich es wünsche (und ich bin eine kleine Pedantin), vergehen so ca. 2 Wochen. Wenn ich alle sechs Räumlichkeiten sauber habe, muß ich wieder von vorne anfangen, mit dem Dampfreiniger und Staubsauger (im Schneckentempo). Genau 100 Stunden werden mir von der Krankenkasse bezahlt. d.h. diese Hilfestellung kostet mich bei einer Planung von 2 mal pro Monat à jeweils 4 Stunden monatlich etwa Fr. 25.--. Anfänglich wollte ich mein Stundenguthaben (10 pro Jahr) in Reserve halten und diese Hilfestellung erst beanspruchen, wenn es mir ganz dreckig geht und ich selbst im Schneckentempo nicht mehr fähig bin, die doch körperlich schwere Arbeit zu verrichten. Plötzlich fiel mir ein, daß das Denken falsch war. Denn wenn es mir so mies geht, werde ich voraussichtlich sehr bald „das Zeitliche segnen“ und da drüben brauche ich keine Putzfrau. Dann hätte ich ja mein Guthaben nicht aufgebraucht - ein schrecklicher Gedanke!

Wie groß ist meine Angst vor dem baldigen Tod?
Jeder Mensch, ob kurz davor oder aber voraussichtlich noch lang lebend, hat die Angst des Ungewissen. Was erwartet uns da drüben? Wie wird es sein? Man sollte meinen, daß die Angst vor dem Tod größer ist bei Mensch, welche bereits vor der Türe des Todes stehen. hat man aber bereits mehrmals die Leidensgrenze überschritten (mir passierte das schon sechsmal) und man einfach nicht mehr leben will, dann wird der Tod zum besten Freund und man sehnt sich nach ihm. Mein Gedicht: **Mein Freund, der Tod**, beinhaltet

wohl alle Gefühle die in diesen sechs Situation in mir aufstiegen und bei nächsten Vorfällen auch wiederkehren werden.

Im Allgemeinen habe ich aber festgestellt, daß ich mich vor dem Tod nicht mehr fürchte. Denn erfahrungsgemäß kommt in mir die Stimmung **„Mein Freund, der Tod“** auf, sobald ich mich in einer körperlich sehr schlechten Verfassung befinde. Heute weiß ich, daß ich den Tod nur noch als ersehnte Erlösung empfinden werde, wenn es soweit ist. Während „gesunden“ Phasen aber grabe ich das Kriegsbeil gegen den Freund aus.

Wieviel Zeit bleibt mir noch?

Auf jeden Fall, so hoffe ich, genügend um meine Geschichte zu notieren und dafür zu sorgen, daß eine Person meines Vertrauens sie veröffentlichen wird. Hauptsache, meine Geschichte wird veröffentlicht und mein Ziel realistisch zu informieren, erreicht.

Es ist falsch, mir solch große Ziele zu setzen, denn es belastet mich sehr. Dies wirkt sich allerdings „nur“ auf mein Schlafverhalten aus. Beim Zubettgehen hirne ich noch darüber nach, was ich alles am Folgetag erledigen will. Mit den entsprechenden Gedanken schlafe ich ein und kann morgens oft nicht länger als bis 05.00 Uhr schlafen. Manchmal stehe ich sogar um 03.00 Uhr nachts auf. Allerdings nur, wenn ich am abend sehr früh schlafen ging (z. B. 20.00 Uhr). Diese Schlafstörungen habe ich in allen Bereichen, sobald ich mir ein Ziel gesetzt habe. Das kann z. B. eine übersichtliche Zusammenstellung von Ordern mit allen meinen Unterlagen sein, die wichtig für die Hinterbliebenen sind (z. B. Versicherungen) etc.

Übrigens werde ich immer wieder gefragt, ob es mir nicht langweilig sei, den ganzen Tag alleine und ohne Beschäftigung zu sein. Ohne Beschäftigung? Ich habe immer sehr viel zu erledigen. Ich bereite nämlich meinen Tod vor. Viele Pendenzen sind noch offen, welche ich zwingend in den nächsten Monaten erledigen möchte. Und ich muß mich beeilen. Denn ich weiß nicht, wie lange ich noch körperlich oder geistig dazu fähig bin. Die „Wundertüte Aids" kann sich tagtäglich wieder öffnen und mit einem neuen Präsent überraschen.

Warten...

Wie sehr hasse ich doch dieses Wort. Denn ich habe keine Zeit dazu. Warten bedeutet in meiner Situation eine Vergeudung von dem kostbarsten Gut, das ich noch habe: die Zeit. Besonders extrem stört es mich, wenn ich auf Grund von Dispositionsunfähigkeit bei Ärzten warten muß - denn ich will meine kostbare Zeit nicht mit unnötigen Wartezeiten verplempern. Der bereits schon geschmacklose und unüberlegte Spruch *„Sie haben ja Zeit"*, womöglich noch mit einem „Madonnalächeln" bringt mich zur Weißglut... Erstens kann es sich nur noch um ein paar Monate handeln. Zweitens würde ich viel lieber fähig zur Arbeit sein, wie ich früher war. Und de facto sitze ich schon oft genug in der Klinik und in Sprechstunden und muß immer wieder Untersuchungen über mich ergehen lassen.

Dieser Zeitaufwand reut mich nicht, da mir evtl. geholfen werden kann. Der Zeitverlust aber mit unnötigem Warten (bis zu einer Stunde!) ärgert mich fast zu Tode. So bin ich in der Klinik bereits zweimal nach 40 Minuten es Wartens davon gelatscht. Dies obschon ich die erste Patientin war. Wie lange mußten die nächsten Patienten warten? Nachdem ich einige Male ausgerufen und die offensichtliche Dispositionsunfähigkeit in dieser Klinik angeprangert hatte, klappte es bei den nächsten Terminen. Man wurde endlich einsichtig und gab mir auf meinen Wunsch hin auch immer den ersten Termin, entweder am Morgen um 08.00Uhr oder nachmittags um 14.00 Uhr. (Unzumutbare Unpünktlichkeit in der Neurologie.) Das Verhalten der Ärzte empfinde ich als die größte Impertinenz, Rücksichts- und Respektlosigkeit uns Patienten gegenüber.

..Und sie wurde zu meinem ärgsten Feind, die Zeit vielleicht bald wird sie mich abberufen in alle Ewigkeit.

Macht Aids egoistisch?
Ja, teilweise. So interessieren mich die Leidensgeschichten anderer nicht sehr. in meinen gesunden Phasen hörte ich viel aufmerksamer zu. dieses mangelhafte Interesse taucht aber nur auf, wenn es sich bei der Leidensgeschichte um eine Nichtigkeit handeln. Als solche bezeichne ich Bein- oder Armbrüche etc. am liebsten wurde ich sagen: „Ihre Sorgen möchte ich noch einmal haben..."

Bei Fremdpersonen, welche noch nichts von meinem eigenen Leiden wissen, gebe ich mir trotz Widerwillen Mühe, den Dialog zu führen. Wenn sie aber über mein nicht ganz einfaches Schicksal bereits informiert sind und trotzdem ihre „tragische Geschichte" erzählen, stirbt meine Aufmerksamkeit ganz. D.h. ich höre nicht zu und bin in meinen Gedanken anderswo. Sie müssen sich mal vorstellen, wie Sie bei folgender Situation empfinden würden:

Sie haben durch einen Unfall das Bein verloren. Das Bein mußte amputiert werden, da es total zerquetscht wurde. Und natürlich gehen Sie an Stöcken. Wenn Sie keine Prothese tragen, ist das flatternde und leere Hosenbein genügend Indiz dafür, daß Ihnen ein Bein fehlt.
Möglicher Dialog:
X: Wie ist das denn passiert?
Sie: Durch einen Unfall!
X: Das ist ja schrecklich. Vor 5 Jahren hatte ich auch einmal ein Bein gebrochen und mußte dann drei Monate an Stöcken gehen. ich kann Ihnen nachfühlen, das Gehen mit Stöcken ist mühsam.

Wenn Sie Pech haben, erdreistet sich X auch noch, den detaillierten Beschrieb von Komplikationen zu geben und über die ach so miserable Krankenkost etc. zu schimpfen. Eigentlich sollten Sie dann abschließend fragen: "Und können Sie mir auch nachfühlen, wie das ist, ein Bein verloren zu haben?" Vielleicht erkennt X endlich, mit welchen Nichtigkeiten er sie belästigt hat. Glauben Sie mir: wenn Sie immer wieder solches gedankenlose Geschwätz anhören müssen, werden Sie automatisch abweisend. Bei Krankheiten mit tödlichem Ausgang ist die psychische Verfassung enorm wichtig. Und man muß zum Überlebensegoisten werden, da das eigene Kreuz schon schwer genug ist.

Ein anderes, mich betreffendes Beispiel von Überlebensegoismus: Patientin H. befindet sich wieder in der Klinik. Gemäß Auskunft vom Personal geht es ihr miserable. Ein Freund von ihr, welcher sie gerade besucht hatte, meinte: „Wahrscheinlich ist dies das Ende..". Ich war geschockt, denn ich mag H. gut. mein erster Gedanke war, sie zu besuchen. Doch nach reiflicher Überlegung, ob ich mir zumuten kann, in mein eventuell baldiges Spiegelbild zu blicken (H. wiegt noch 38 kg) sah ich davon ab. Aus Erfahrung weiß ich, daß mich der Anblick von gänzlich abgemagerten Aidskranken deprimiert. Der Anblick von diesen Skeletten macht mir meine eigene Krankheit bewußt. Jedesmal denke ich: „So sehe ich vielleicht auch einmal aus." Depressionen kann ich mir in meiner Situation nicht leisten. Wäre ich selber gesund, hätte ich sie sofort besucht. Noch heute bin ich nicht bei ihr gewesen, seit ihrer Einlieferung ist bereits ca. ein Monat vergangen. Und mein schlechtes Gewissen plagt mich. Auch das Wissen darüber, daß es sich bei meinem Verhalten um einen Überlebensegoismus handelt, tröstet mich nicht groß. Es gibt HIV-Negative, welche aidserkrankte Menschen nicht besuchen. Begründung ist dann, daß kann ich nicht verkraften. Das empfinde ich schon als grausamen

Egoismus, denn vielleicht hätte der Todkranke durch einen Besuch wenigstens noch einen kleinen Lichtblick! Natürlich ist das für jedermann eine Belastung, eine geliebte Person so quasi sterben zu sehen. Aber als Gesunder kann man anders mit seinen Kräften haushalten.

Ein Quentchen an Überwindung muß geleistet werden! Es bleibt dann noch immer genug Kraft übrig für andere Probleme. Ein weiteres Beispiel betreffend Überlebensegoismus: Als es mir einmal wirklich sehr schlecht ging, sagte ich zu meiner Mutter, welche auf meiner Bettkante saß: „Mama, ich mag nicht mehr, ich will so nicht mehr leben." Sie legte ihre Hand auf meinen Arm und beugte sich nahe über mein Gesicht. Den flehenden, traurigen und besorgten Ausdruck, den sie hatte, werde ich nie vergessen. Es zerriß mir fast das Herz! Eine große Wut kam in mir auf und ich dachte: "Was bin ich doch eine verdammte Egoistin!" Mir war wichtiger, mein tiefstes Gefühl, welches in dieser Situation die Todessehnsucht war, zu verbalisieren. Dies ohne Rücksichtnahme auf ihre Gefühle! Nie mehr habe ich so zu ihr gesprochen - seit dieser Erfahrung habe ich nur noch hinterher, als es mir wieder gut ging, die Stimmung „**Mein Freund, der Tod**" zugegeben.

Motivationsfaktoren

Jene Faktoren, welche zum leben motivieren. Hat ein Todkranker keine Motivation, kann er sich schon mal den eigenen Sarg bestellen! Motivationsfaktoren können sein:

Beziehungen (Eltern, eigene Kinder, Ehepartner/in, Freund/in)

Der größte Motivationsfaktor in meinem Leben ist meine Mutter. Ich habe ihr hoch und heilig versprochen, sie zu überleben. Damit sie vor einer weiteren schmerzhaften Erfahrung verschont bleibt, ein zweites eigenes Kind verlieren zu müssen. Sie verlor ja schon 1991 ihren jüngeren Sohn durch den Tod. Meine Mutter darf ich als meine beste

Freundin bezeichnen. Sie ist quasi meine Partnerin geworden. Die heutige Tiefe unserer Beziehung begründe ich damit, daß wir uns gegenseitig mehr öffnen können. Unser ehemaliges introvertiertes Verhalten uns gegenüber existiert nicht mehr. Wir beide haben gelernt, offen über unsere Gefühle zu reden. Übrigens ist diese Offenheit ein positives Resultat meiner letzten Therapie (Verhaltens und Guppentherapie).

Natürlich wäre es schrecklich für mich, müßte ich den Tod meiner Mutter erleben. Es gibt keinen Ersatz für meine Mutter, auch hundert Freunde vermögen nicht das tiefe Loch auszufüllen, welches durch ihr Ableben in mir entstehen wird. Wahrscheinlich würde ich ihr bald folgen, was eigentlich ein tröstlicher Gedanke ist. Auf Grund meiner Liebe zu ihr konnte ich über den Schatten meines Egoismus springen, d.h. ich akzeptiere die traurige Möglichkeit, daß ich an ihrem Grab stehen werde. Dieser Gedanke erfüllt mich jedesmal mit Trauer. Ein Trost aber bleibt mir: Sie muß nicht wieder den grauenhaft schmerzvollen Verlust eines zweiten Kindes hinnehmen - das stärkt mich. Und ich werde alles daran setzen, damit ihr dieses Schicksal erspart bleibt.

Partnerschaft

Noch ein letztes Beispiel zum Thema Egoismus. Bin ich überhaupt noch zumutbar für eine Partnerin? Wäre die Partnerschaft bereits in meiner gesunden Zeit entstanden, würde ich von ihr erwarten, daß sie bis zum bitteren Ende bei mir bleibt: „In guten wie in schlechten Zeiten." Seit einigen Jahren jedoch bin ich glückliche Single. Glücklich deshalb, weil Partnerschaften, egal ob bei Homos oder Heteros, immer gewisse Streßfaktoren mit sich bringen. Und Streßsituationen dürfen sich Aids- und andere todkranke Menschen einfach nicht gestatten.

Was wäre wohl, wenn mir eine Frau gefällt? Gedanken kommen in mir auf: Nur um meine letzte Zeit noch glücklich zu sein, mache ich sie vielleicht auf die Dauer unglücklich. Und das Wissen, daß die Beziehung wahrscheinlich nicht all zu lange dauern kann, wäre mit ziemlicher Sicherheit eine Belastung für sie. Hinter jeder Planung von Aktivitäten müßte ein Fragezeichen gesetzt werden. Oder zumindest die Bedingung verbalisiert werden: „Falls es dir dann gut geht." Kurzfristige Absagen infolge Überraschungen der Aidsmonster können je nach Phase alltäglich sein. Auch die mir angeeigneten Lebensgewohnheiten sind für eine gesunde Person nicht sehr verlockend. So schlafe ich zum Beispiel jeden Mittag ca. 1-2 Stunden. Diese Siesta kann ich mir nicht nehmen lassen, da sie für meine tägliche Regeneration sehr wichtig ist. Ungeachtet der Tageszeit lege ich mich zum Schlafen hin, wenn ich das Bedürfnis spüre. meine Krankheit hat mich gelehrt, auf die Zeichen meines Körpers zu achten.

Speziell bei einer jüngeren Frau, welche das Leben noch kennenlernen möchte, wäre das Gefühl,, daß ich nicht mehr zumutbar bin, sehr stark vorhanden. Natürlich ist eine schöne Liebschaft ein wichtiger Motivationsfaktor. Würde ich auf Grund dessen „ja" zu einer Partnerschaft sagen, wäre der Überlebensegoismus einmal mehr vorhanden. Doch gerne würde ich ihr zuliebe auf diesen Motivationsfaktor verzichten und weiterhin mein Leben als Single genießen. Ich habe mich in diese Situation versetzt und meine Gedanken und Gefühle, die sich erfahrungsgemäß bei mir ergeben in einer Poesie ausgedrückt.

Meine eigene Person

Es ist wichtig, mit sich selber den Frieden gefunden und sich gern zu haben. Das beste Indiz ist wohl, daß ich mich wohl fühle, wenn ich alleine bin. Ich kann mich ertragen, was früher nicht der Fall war. Daher ja auch mein extrem suicidäres Verhalten in all den früheren Jahren.

Sich selber verwöhnen

Dies gilt für materielles wie auch physisches Verwöhnen. Der materiellen Verwöhnung sind natürlich leider oft finanzielle Grenzen gesetzt. Kürzlich deckte ich mich mit der Wintergarderobe 95/96 ein. Und ich dachte mir: „Jetzt habe ich all die schönen, neuen Sachen. Diese will ich noch mindestens in den nächsten zwei Wintern tragen können." Das physische Verwöhnen ist da für die meisten schon einfacher realisierbar. Massagen etc. werden von den Krankenkassen bezahlt. Es muß vorher abgeklärt werden, ob der Physiotherapeut bei der Krankenkasse zugelassen ist. So lasse ich mir z. B. immer wieder meine Beine massieren. - Sie tragen mich noch immer und ermöglichen mir mein unabhängiges Leben (von den Stöcken einmal abgesehen). Ich danke meinen Beinen dafür mit den wohltuenden Massagen!

Gesundheit nix - aber außen fix

Gesundes aussehen ist ebenfalls ein nicht zu unterschätzender Motivationsfaktor. Es ist sehr motivierend, hören zu können: „Du siehst gut aus."
„Sie sehen gut aus - waren Sie in den Ferien?"

Solche Feststellungen höre ich tagtäglich von Bekannten, die über meine Krankheit informiert sind. Aber auch von Fremdpersonen, die keine Kenntnis darüber haben. Sobald ich diese über mich informiere, erhalte ich Antworten wie: „Nein, das glaub ich nicht... Sie sehen so gesund aus! Ist das wirklich wahr?" Diese Ungläubigkeit stellt mich total auf.

Nein, ich war nicht in den Ferien, sondern gehe zweimal die Woche in das Solarium. Dies hat nebst dem Bräunungseffekt noch zwei andere positive Auswirkungen: Sonne und entsprechend die Solarien fördern erwiesenermaßen das Immunsystem. Durch das Ozonproblem vermeide ich die Sonne. Die Sonne ist für jedermann gefährlich geworden. Es ist erwiesen, daß

Hautkrebs zugenommen hat. HIV-Positive müssen speziell aufpassen - die Chance, an Hautkrebs zu erkranken, ist größer als bei den Negativen. Und da ich keine Lust habe, mit schwarzen Flecken im Gesicht wie eine „vache de Fribourg" (die schwarz/weiß gefleckten Kühe vom Kanton Freiburg/Schweiz) auszusehen, gehe ich in das Solarium und meide die richtige Sonne. Der zweite positive Effekt besteht darin, daß ich mir wöchentlich eine Stunde des totalen „dolce fa niente" (Nichtstun) gönne. Zuhause gibt es immer etwas zu tun für mich. Sei es das Notizen aufschreiben, das Gießen der Pflanzen oder Reinigungsarbeiten. Ich bin nonstop beschäftigt. Denn ich weiß ja nicht, ob ich am nächsten Tag noch fähig dazu bin. Jedesmal nehme ich meinen Walkman in das Solarium mit. Ich stecke die Ohren-Nuggi(Kopfhörer) in meine Ohren und genieße meine klassische Musik.

Eitelkeit

Es ist sehr wichtig, sich nicht fallen zu lassen. Eigentlich war ich immer schon ein „eitler Fratz". So achtete ich auch früher insbesondere auf die perfekte farbige Abstimmung in der Kleidung und auch mit den Accessoires. Diese Eitelkeit eskalierte ziemlich stark. So hatte ich in meiner gesunden Phase höchstens vier Paar Schuhe. Heute sind es 10 Paare! Mein Gewissen kann ich damit beruhigen, daß ich aus gesundheitlichen Gründen ein neues Schuhbataillon zulegen mußte. Denn mit meinen Gehschwierigkeiten eignen sich Pumps schon gar nicht. Die übrige Garderobe erfuhr die gleiche Ausweitung. So stehe ich oft vor dem Kleiderschrank und habe große Mühe, mich zu entscheiden. Dieses Problem hatte ich früher nicht.

Natürlich sind den beiden letztgenannten Motivationsfaktoren finanzielle Grenzen gesetzt. Speziell bei drogenbedingten HIV-Positiven, welche nie oder selten gearbeitet haben. Die Versicherungssumme der IV ist entsprechend klein, auch liegt nichts auf der hohen Kante.

Das Geld wurde in die Venen investiert. Als Fixerin habe ich immer gearbeitet, sogar während der Entzugstherapie. Ausnahme bildeten das eine Jahr im UG (Untersuchungsgefängnis) und die ersten beiden Therapiejahre. Ich legte alles auf die hohe Kante und war sehr knauserig mit mir. Dies im Hinblick auf die zu erwartenden Selbstkosten im Krankheitswesen. Zugegebenermaßen ist da noch ein „kleines" Erbe vorhanden. Je nach Medikamentenbedarf bezahle ich pro Monat ca. Fr. 1000.—an Selbstbehalt. Dieser Betrag beinhaltet noch nicht die vielen Untersuchungen und Blutwerttests.

Bronchoskopien, welche anläßlich der nachher festgestellten Tuberkulose gemacht wurden, kosteten alleine schon ca. Fr. 12000.—(Selbstbehalt Fr. 1200.--). Die Cymevenekur kostet monatlich ca. Fr. 1800.--, mein SB somit Fr. 180.--. Auch die Medikamente gegen den Pilz sind nicht gerade als günstig zu bezeichnen. Während der Roßkuren schlucke ich monatlich für ca. Fr. 2000.—Diflucan und andere Mittel. Kosten mir mich somit zusätzlich Fr. 200.--.. Ein schlechte finanzielle Situation wirkt sehr demotivierend! Ich bin mir selbst dankbar dafür, daß ich mir in weiser Voraussicht mein Sparschweinchen zulegte.

Mein Freund, der Tod

Hoffentlich klopft er bald an meiner Tür.
Ich lade ihn ein, komm Tod, setz Dich zu mir.
An Dich habe ich viele Fragen,
bitte antworte mir, ohne zu zagen,
denn in meiner mißlichen Lage
weiß ich, daß ich Offenheit ertrage.

Sag mir, holst Du mich denn bald?
Ist es bei Dir eigentlich sehr kalt?
Wenn ja, wer nimmt mich in den Arm,
gibt mir mit seiner Umarmung warm?
Ist es dunkel dort oder gibt es ein Licht?
Du weißt das alles, ich aber noch nicht.
Warum holst Du mich nicht, mein süßer Tod,
erlösest mich von meiner Pein, Qual und Not.
Vielleicht denkst Du, sie ist gar jung um abzuleben.
Ich werde ihr doch noch etwas mehr Zeit geben.
Das wäre ja wirklich sehr gut gemeint von Dir,
doch oft ist die Sehnsucht nach Dir stark in mir.
Wenn ich wieder einmal viel gelitten habe
und ich weiterleben einfach nicht mehr mag,
wenn meine Leidensgrenze überschritten ist,
mein Freund, ich frage mich, wo Du dann bist.

Wann befreist Du mich von dieser Qual?
Von was hängt sie ab, Deine erlösende Wahl?
Laß mich bitte nicht mehr lange warten,
nimm mich mit in Deinen Todesgarten.
Reich mir Deine skelettöse Hand,
begleite mich an den Lebensrand,
bring mich in diese unbekannte Welt.
Ich bin sicher, daß es mir dort gut gefällt.
Ich freue mich auf das Ausruhen von Qual und Pein,
wann endlich, mein Freund, klopfst Du an, kommst herein?

Liebespoesie

Deine Haut ist so zart und rein,
ich bin verliebt und darf's nicht sein.
Laß mich versinken in Deine Augen,
ich kann es noch nicht ganz glauben,
mein Herz schlägt nur noch für Dich.
Trotz Aids, sag, liebst auch Du mich?
Gefühle und Verstand sagen mir,
ich könnte sehr glücklich werden mit Dir.
Sag mir, gibt es Schöneres als Dich zu verwöhnen,
uns nach allfälligem Streit wieder zu versöhnen?
So manches möchte ich Dich fragen,
könntest Du meine Situation ertragen?
Leicht wär es mit Bestimmtheit nicht für Dich,
denn der Tod, vielleicht schon bald, holt mich.
Würdest Du bei meinem Ableben meine Hände halten
und dabei spüren, wie diese langsam erkalten?
Seit ich Dich kennenlernte, begann ich den Tod zu hassen,
ich hoffe, er wird mich noch lange in dieser Welt lassen.
Auf jeden Fall werde ich den Tod noch heute anfragen,
vielleicht kommt sein Verständnis dann zum Tragen.
Du hast meine bisher traurige Welt aufgehellt,
sag mir, wie hast Du das angestellt?
Ich kann und will jetzt noch nicht gehen,
auf dieser Welt will ich Dich nicht alleine sehen.
Dir gebe ich vertrauensvoll mein ganzes Herz,
ich ahne, Du fügst ihm keine Qual zu und kein Schmerz.
Nimm mein Herz, falls Du etwas damit anzufangen weißt,
es wäre schön, wenn unser Leben zusammen geschweißt,
mit kräftigen, für das Leben haltende Schweißstellen,
sag mir, kannst Du Dir ein Leben mit mir vorstellen?

Falls ja, laß mich Dir meinerseits eines zusichern,
es wäre schön, wolltest Du Dich darob vergewissern,
daß ich Dir mein Herz und das Paradies auf Erden gebe:
Ich verspreche es, so wird es sein, solange ich noch lebe!

VI Trost - gut gemeint, aber.....

Die untröstliche Tatsache: Es gibt keinen Trost für todkranke Menschen. Zwischenzeitlich rege ich mich bereits auf, wenn jemand mich zu trösten versucht. Ich brauche keinen Trost, höchstens Verständnis!

Mit Pauschaltrost muß man mich schon gar nicht trösten wollen. Ich benenne ihn so, weil es unbedeutende und auch gedankenlose Blabla Trostsprüche sind. Lassen Sie mich ein paar solcher mich bald zum Wahnsinn treibenden Trostsprüche und meine Gedanken darüber aufführen:

1. ***Du mußt das Beste daraus machen***
   Mach ich ja - sonst wäre ich längstens zum Aschenbecher geworden (Krematorium!)
2. ***Ich kann morgen auch sterben, wenn ich von einem Auto überfahren werde.***
   Dies ist der meist gehörte und auch dümmste Trostversuch. Als solcher regt er mich auch entsprechend auf. ich habe viel darüber nachgedacht und herausgefunden, was mich an diesem Spruch krank macht:

Ich bezeichne die Autoversion als spekulatives Sterberisiko, welches sogar noch steuerbar ist. Wenn man z. B. als Fußgänger bei Rot die Straße überquert und nicht einmal Ausschau hält nach einem sich nähernden Verkehrsmittel (Tram, Bus, Autos), ist die Chance tatsächlich zu Tode gefahren zu werden, groß. Blickt man aber vor der kleinen Untat nach links und rechts (wie im Kindergarten gelernt), ist dieses Sterberisiko gleich Null. Ausnahmen bilden sich natürlich, wenn der Autofahrer die Gewalt über sein Fahrzeug verloren hat. Sei dies durch einen Herzinfarkt oder sonstige Bewußtlosigkeit (z.B. Epilepsieanfall). Nicht zu vergessen sind auch stark alkoholisierte Autofahrer und übermüdete Busfahrer.

Aids ist jedoch ein erwiesenes, sicheres Sterberisiko und traurigerweise schon tausendfach bewiesen worden. Einfacher ausgedrückt: Eine Banane kann auch nicht mit einem Filet verglichen werden.

Und überhaupt: Die Möglichkeit, daß mein Dialogpartner ebenfalls bald sterben könnte (wie auch immer!): Wo liegt hier ein Trost in meiner Situation? Deswegen geht es mir nicht besser und ich werde bald sterben. Das ist eine Realität, die ich persönlich längst akzeptiert habe. Den einzigen Tod, den ich solchen *„Tröstern“* wünsche ist der *„Mundtod“*. Besonders wen man wie ich, kein Selbstmitleid hat, sind diese Sprüche ein Horror! Ich habe mit einigen anderen Todkranken (u.a. auch Krebspatienten) über dieses Thema gesprochen und festgestellt, daß sie dieselben Empfindungen haben wie ich.

3. 1956 sind über 20000 Menschen bei einer Überflutungskatastrophe gestorben. Ich klebte wieder einmal an der Decke! Entsprechend meine Antwort, dies mit ziemlich unfreundlicher Stimme: „Und? Im zweiten Weltkrieg mußten über 50 Millionen verrecken. Was nützt mir dieses Wissen ? Haben Sie das Gefühl, daß die Aidsviren nun ihr Köfferchen packen und wegziehen?“

4. Ich kenne jemanden, der hatte auch Krebs. Weshalb eigentlich „auch Krebs“? Erstens habe ich Aids, zweitens würde ich viel lieber an Krebs erkrankt sein, hätte mich das Schicksal wählen lassen. Denn bei Krebserkrankungen weiß ich seit Beginn, wie ich enden werde. Die Schmerzen können mit Morphium eliminiert werden, um das Leben bis zum sicheren Tod einigermaßen aushaltbar zu machen.

Ich möchte die Krankheit Krebs nicht verniedlichen. Krebs ist ebenfalls eine furchtbare Krankheit (zur Erinnerung: mein Vater starb an Leberkrebs). Hingegen ist die Frage nach der endgültigen Ursache meines Ablebens nicht zu beantworten. Und welche andere Krankheiten noch meiner harren, bevor ich gehen darf, steht ebenfalls in den Sternen geschrieben.

Frage: Vermindert dies mein Sterberisiko, wenn ich vom Krebsleiden eines mir unbekannten Menschen erfahre? Nichts regt sich in meiner Gefühlswelt. Natürlich ist es immer tragisch, wenn, insbesondere jüngere Menschen, dem baldigen Tod ist Auge blicken müssen. Auch für dessen Angehörige bedeutet dies Trauer und natürlich die Angst, einen geliebten Menschen verlieren zu müssen.

5. Sie schaffen das schon, ich bin mir sicher. Sie sehen doch so gesund und kräftig aus. die Schwägerin eines Freundes des Bruders meines Mannes hatte Krebs. Er ist auch daran gestorben. Nachdem ich die Familienfäden einigermaßen entwirrt hatte, fielen mir die alles aussagenden Worte: „auch gestorben" auf. Vor allem das Wörtchen „auch" tat es mir an! Eben erst hatte mir diese Person in aller Zuversicht mitgeteilt, daß sie mich nicht als Todeskandidaten sieht.

Trotzdem verglich sie die Geschichte dieser Schwägerin mit meiner Geschichte und somit auch mit meinen Überlebenschancen. Unbewußt hatte sich diese Person widersprochen (eine Frau) und das gesagt, was sie im Innersten wußte: „Deine Chancen sind Null." Ich kann mir ihren wirklichen Gedankengang lebhaft vorstellen: „Oh Gott, diese arme junge Frau, ich muß sie trösten."

Wahrscheinlich hat sie bis heute noch nicht ihren Widerspruch realisiert. Und sie wird dem nächsten Todkranken, welchen sie vielleicht kennenlernt, denselben Trost aussprechen... Dieser Todkranke tut mir heute schon leid, auch wenn ich ihn nicht kenne.

Und überhaupt: Weshalb sollte eigentlich ausgerechnet ich nicht daran sterben? Weil ich blond bin und blaue Augen habe? Natürlich sehe ich mit meinem Teint gesund aus (Solarium!). Daß ich nicht todkrank wirke, weiß ich.

6. *Wir alle müssen einmal sterben* - Mit 35 Jahren? Weitere Kommentare sind hier überflüssig.

7. *Der Tod gehört zum Leben.* Stimmt! Aber bei jungen Leuten stimmt die zeitliche Relation nicht: ein zu kurzes Leben vor dem endlosen Tod! Dieselben Leute, welche bei todkranken mit solchen Trostsprüchen aufwarten, leiern wohl bei Beerdigungen den uns allen bekannte, hirnlosen Trostspruch:

8. *Das Leben geht trotzdem weiter!* - Leider gibt es zu viele Menschen, die an dieser idiotischen Bemerkung Gefallen finden und tatsächlich meinen, daß dies ein Trost für die Hinterbliebenen sei. Und wie soll das Leben weitergehen, wenn man plötzlich mit drei kleinen Kindern alleine dasteht? Bei der Beerdigung meines Vaters ist meine Mutter fast in das Grab gefallen, so nah ging sie an den Grabesrand. Wahrscheinlich wollte sie sich ihm ein letztes Mal möglichst nahe fühlen oder ihm gar folgen. Nicht dieser Trostspruch (die Arme mußte ihn mehrmals anhören) hat sie gestärkt, sondern ihre Kinder, für welche sie sich bis heute verantwortlich fühlt. Alle aufgeführten Trostsprüche trösten nicht. Vielmehr empfinde ich sie als Verniedlichung meiner tödlichen Krankheit. Deshalb: Hört bitte endlich auf, mit solchen Sprüchen trösten zu wollen!

Es ist mir bewußt, daß hinter diesen sinnlosen, widersprüchlichen Trostversuchen die Unbeholfenheit gezeigt wird: „Was sage ich einer Todkranken, welche mir mit freundlichem Lächeln (damit bin ich gemeint) ihre Krankheit offenbart? Man erinnert sich an die meistgehörten

Sprüche und wählt jenen aus, welcher am besten erscheint. Einfach damit etwas gesagt wurde.

Daher gilt: Wem nur diese sinnlosen Pauschalsprüche einfallen, schweigt lieber! Oder aber beschränken Sie sich auf die kurze Bemerkung: **„Sie Arme!"** Diese zwei Worte drücken das intellektuelle Verständnis für meine Situation aus. Kein Blabla, keine Widersprüche, eine realistische Feststellung. Und das kann ich als Realistin sehr gut akzeptieren.

Oh Ihr Tröster, habe genug von eurem sinnlosen Gerede,
muß es mir dennoch anhören, solange ich noch lebe.

Oh Ihr Tröster, redet nicht, schweigt doch lieber,
eure Trostsprüche sind mir seit langem zuwider.

Hört auf, mein Schicksal mit anderen zu vergleichen,
damit wird mein Schicksal nicht von mir abweichen.

Oh Ihr Tröster, bitte schweigt endlich für immer,
ihr macht mit eurem Gerede alles nur noch schlimmer!

Und endlich gibt es da bei Bedarf den einzigen, aber wichtigsten Trost für mich, welchen ich mir selber geben kann: Wenn es gar schlimm wird mit meiner körperlichen Verfassung, werde ich bestimmt bald abgeholt - von meinem besten Freund, dem Tod.

VII Religiöse Aspekte - Aids eine Strafe Gottes?

Meine Mutter ist Katholikin , mein Vater Protestant. meine beiden Brüder und ich wurden katholisch erzogen. Das Christentum hat mir schon immer gefallen, die Bibel ist gefüllt mit friedlichen Ansichten und Ermahnungen. Als Teenager las ich des öfteren in der Bibel. Meine absolut favorisierten Stellen waren die 10 Gebote Moses und die Bergpredigt von Jesus. Wenn man diese zwei Stellen richtig verstanden hat und auch so lebt, ist man ein guter Christ. Leute, die jeden Sonntag in die Kirche rennen und während der Woche egoistisch auf sich konzentriert sind, dürfen sich meiner Meinung nach nicht als gute Christen bezeichnen - da paßt der Ausdruck „Heuchler" wohl schon eher.

Christ sein, heißt: verzeihen können, andere zu respektieren und auch zu akzeptieren (Toleranz). Wenn nötig, die eigenen Bedürfnisse zurück zu stellen. Und Mitmenschen, welche in Not sind, bedingungslos zu helfen. Da sie diese Kriterien erfüllt, darf ich meine Mutter als sehr gute Christin bezeichnen.

Allerdings liegt über unserer eigentlich friedfertigen Religion ein großer Schatten. Die kriegerischen Auseinandersetzungen zwischen Protestanten und Katholiken über die Bibelauslegung. Sehr traurig stimmt es mich, daß die verschiedenen Auslegungsversionen dem Glaubensfeind mit kriegerischer Gewalt aufgezwungen werden wollen. So erschüttert es mich jedesmal, wenn ich wieder einmal von einem Attentat in Irland höre. Der Verdacht, daß die wirklichen Gründe dieser Greueltat nichts mehr mit religiösen Aspekten zu tun haben, verstärkt sich in mir immer mehr. Heute bin ich der Meinung, daß rein wirtschaftliche und auch politische Gründe dahinter stecken. Mord und Totschlag anderer Christen unter dem Deckmantel „Gott".

Auch in anderen Bereichen muß „Gott“ hinhalten, wird er vorgeschoben. Sicher haben Sie alle diesen wohl dümmsten Spruch gehört, was Aids betrifft: „Das ist die Gottes Strafe“ oder „es ist gottgewollt“. Dem Papst und seinesgleichen mögen diese Sprüche je gefallen, nicht aber mir! Außerdem ist es eine Unterstellung an Gott, daß er fürchterliche Vorfälle wie Krieg und tödliche Krankheiten (Aids, Krebs etc.) auf Erden haben will. Von der Theorie, daß „Gott“ ein alter weiser Mann mit langem weißen Bart ist, halte ich schon lange nichts mehr. In ihm sehe ich vielmehr eine Kraft oder Macht, die das „gute“ bedeutet. Die beiden Worte „Gott“ und „Gute“ beginnen mit dem selben Konsonanten, nämlich dem „G“. Zufall?

Alle Religionen haben eigentlich die gleiche Thematik. nicht nur das Christentum lehrt uns die Friedfertigkeit (liebe Deinen Nächsten wie dich selbst). Auch der Islam und Buddhismus beinhalten primär die Friedenslehre. In der indianischen Religion befindet sich ebenfalls keine Aufforderung zum Krieg. Ob man diese gute macht Allah, Gott, Buddha oder Manitu nennen will, ist egal. Hauptsache, man hat den wahren, tiefen Sinn seiner Religion verstanden.

Leider gibt es bei jeder dieser religiösen Hauptgruppen die gefährlichen „Fundis“ (Fundamentalisten). Gefährlich deshalb, weil sie vor Mord und Totschlag nicht zurückscheuen, um ihre meist konservative Auslegung der Religionsschrift anderen aufzuzwingen, und dies gilt hier für alle Religionen.

Übertreibungen sind immer schlecht, auch wenn man bedenkt, daß die hohen Aufwendungen für die Papstreisen sicher besser in Schulen, Spitälern und speisen für die Armen aufgewendet worden wären.

Auch finde ich schlecht, daß er die Ärmsten der Armen die verschiedenen Verhütungsmittel verbietet, insbesondere angesichts der uns allen bekannten Übervölkerung und Armut, eigentlich schon der Hohn!

Nach euren Intimitäten müsst ihr Frauen immer gebären,
egal, ob euer Mann weiß, wie die Kinder ernähren!
Denn so steht's in der Bibel geschrieben:
Aus reinem Lustgefühl darf man sich nicht lieben...

Äußerst bedenklich, aber wahr: der Papst und seine Anhänger leben an der heutigen Zeit vorbei. Allerdings nur, was moralische Aspekte betrifft. Ihr Lebenswandel ist jedoch auf die heutige Zeit abgestimmt. So wurde eine teurer, schußsicherer Luxuswagen eigens für den Papst (nach seinem Attentat) angefertigt. Und der „heilige Mann" bereist auch die ganze Welt mit eigenem Jumbo-Jet etc. **(Ich bin mir nicht sicher, ob dies heute noch stimmt).**

Verehrter Papst! Wie fänden Sie die Idee, Ihre Reisen wie vor 2000 Jahren auszuführen? Sich mit einfacher Unterkunft in ärmlichen, aber friedvollen Herbergen zufrieden zu geben? Würde der Papst und einige seiner Stellvertreter die zu rege Reisetätigkeit zurückstecken und das ersparte Geld in aktive Hilfsprojekte investieren, könnte der Begriff „heiliger Mann" eher verwendet werden. Mit teuren Reisen, mit Übernachtungen in Luxusvillen und anderer Schau ist man noch nicht heilig. Ein Affront gegen alle wirklich Heiligen, die für andere gelitten haben und für andere sogar gestorben sind.

Vielleicht gäbe es dann auch weniger Kirchenaustritte. Übrigens erachte ich auch die den katholischen Pfarrern aufgezwungene Ehelosigkeit (Zölibat) als Unmenschlichkeit.

VIII Weißkittel -

Und als Patientin sehe ich fast nur schwarz...!

Zuerst möchte ich mich von der Definition „gute Ärzte - schlechte Ärzte" und „bequeme Patienten - unbequeme Patienten" widmen. Anschließend einige wahre Stories.

Rubrik „gute Ärzte"
Sie zeichnen sich durch gute fachliche Qualifikation aus. Als gute Ärzte bezeichne ich auch jene, welche von unsensiblen Bemerkungen und Sprüchen Abstand halten und fähig sind, sich in das Gefühlsleben des Patienten zu versetzen. Man nennt dieses Einfühlungsvermögen (Sensitivität). Auch Ärzte, welche klar informieren und mit ihren Patienten kommunizieren, gehören in diese Rubrik. Erst recht jene Hausärzte, die Hausbesuche machen.

Rubrik „schlechte Ärzte"
- Speziell jene Ärzte, deren fachliche Qualifikationen durch Fehldiagnosen angezweifelt werden muß.
- Ärzte, welche alle 10 Minuten einen anderen Patienten in ihrem Terminkalender eingetragen haben und die nächsten Patienten bis zu einer Stunde warten lassen.
- Ärzte, die vom Patienten geschilderte Symptome nicht ernst nehmen und mit lapidaren Bemerkungen versuchen, die Angst der Patienten abzuschwächen oder gar gänzlich zu eliminieren.
- Ärzte, welche den Beruf nicht aus Berufung gewählt haben, sondern aus reinen Prestigegründen.
- Und noch Ärzte, welche erhobenen Hauptes mit wehendem weißen Kittel durch die Klinikfluren rauschen und sich furchtbar wichtig vorkommen. Und es nicht für nötig halten, die ihnen bekannten Patienten zu grüßen. Auch dafür hat unser Vokabular ein aussagekräftiges kurzes Wort: Arroganz.

VIII Weißkittel -

Und als Patientin sehe ich fast nur schwarz...!

Zuerst möchte ich mich von der Definition „gute Ärzte - schlechte Ärzte“ und „bequeme Patienten - unbequeme Patienten“ widmen. Anschließend einige wahre Stories.

Rubrik „gute Ärzte“
Sie zeichnen sich durch gute fachliche Qualifikation aus. Als gute Ärzte bezeichne ich auch jene, welche von unsensiblen Bemerkungen und Sprüchen Abstand halten und fähig sind, sich in das Gefühlsleben des Patienten zu versetzen. Man nennt dieses Einfühlungsvermögen (Sensitivität). Auch Ärzte, welche klar informieren und mit ihren Patienten kommunizieren, gehören in diese Rubrik. Erst recht jene Hausärzte, die Hausbesuche machen.

Rubrik „schlechte Ärzte“
- Speziell jene Ärzte, deren fachliche Qualifikationen durch Fehldiagnosen angezweifelt werden muß.
- Ärzte, welche alle 10 Minuten einen anderen Patienten in ihrem Terminkalender eingetragen haben und die nächsten Patienten bis zu einer Stunde warten lassen.
- Ärzte, die vom Patienten geschilderte Symptome nicht ernst nehmen und mit lapidaren Bemerkungen versuchen, die Angst der Patienten abzuschwächen oder gar gänzlich zu eliminieren.
- Ärzte, welche den Beruf nicht aus Berufung gewählt haben, sondern aus reinen Prestigegründen.
- Und noch Ärzte, welche erhobenen Hauptes mit wehendem weißen Kittel durch die Klinikfluren rauschen und sich furchtbar wichtig vorkommen. Und es nicht für nötig halten, die ihnen bekannten Patienten zu grüßen. Auch dafür hat unser Vokabular ein aussagekräftiges kurzes Wort: Arroganz.

VIII Weißkittel -

Und als Patientin sehe ich fast nur schwarz...!

Zuerst möchte ich mich von der Definition „gute Ärzte - schlechte Ärzte“ und „bequeme Patienten - unbequeme Patienten“ widmen. Anschließend einige wahre Stories.

Rubrik „gute Ärzte“
Sie zeichnen sich durch gute fachliche Qualifikation aus. Als gute Ärzte bezeichne ich auch jene, welche von unsensiblen Bemerkungen und Sprüchen Abstand halten und fähig sind, sich in das Gefühlsleben des Patienten zu versetzen. Man nennt dieses Einfühlungsvermögen (Sensitivität). Auch Ärzte, welche klar informieren und mit ihren Patienten kommunizieren, gehören in diese Rubrik. Erst recht jene Hausärzte, die Hausbesuche machen.

Rubrik „schlechte Ärzte“
- Speziell jene Ärzte, deren fachliche Qualifikationen durch Fehldiagnosen angezweifelt werden muß.
- Ärzte, welche alle 10 Minuten einen anderen Patienten in ihrem Terminkalender eingetragen haben und die nächsten Patienten bis zu einer Stunde warten lassen.
- Ärzte, die vom Patienten geschilderte Symptome nicht ernst nehmen und mit lapidaren Bemerkungen versuchen, die Angst der Patienten abzuschwächen oder gar gänzlich zu eliminieren.
- Ärzte, welche den Beruf nicht aus Berufung gewählt haben, sondern aus reinen Prestigegründen.
- Und noch Ärzte, welche erhobenen Hauptes mit wehendem weißen Kittel durch die Klinikfluren rauschen und sich furchtbar wichtig vorkommen. Und es nicht für nötig halten, die ihnen bekannten Patienten zu grüßen. Auch dafür hat unser Vokabular ein aussagekräftiges kurzes Wort: Arroganz.

Rubrik „bequeme Patienten"
Jene Patienten, welche die Ärzte als „Halbgötter in Weiß" sehen. Diese Patienten haben meist keine Erfahrung und können Defizite auch nicht erkennen (Informationsdefizit, Qualifikationsdefizit beim Arzt). Bedingungslos glauben sie alles, was Ihnen vom Arzt erzählt wird. Da findet keine Hinterfragung statt, es ist keine Skepsis und kein Hunger nach Informationen vorhanden.. Aufforderungen wie zum Beispiel (überspitzt) : „So, Frau Müller, nun kriechen Sie mal auf allen Vieren durch das Zimmer. So können wir den Lungenkrebs bekämpfen" werden widerspruchslos nachgekommen. Ich kann mir in etwa vorstellen, wie die Gedankengänge dieser Patienten sind. „Zwar sehe ich keimen Sinn dahinter und weiß nicht, was meine Kniescheiben mit meinen Lungen zu tun haben. Aber schließlich ist es der Doktor, welcher mich dazu aufgefordert hat. Und ein Halbgott in Weiß muß ja wissen, was er verlangt." Nicht zu vergessen die Zusätze **Dr.** oder gar **Prof. Dr.** Beeindruckend, nicht wahr?

Rubrik „unbequeme Patienten"
Es sei vorweg gesagt: Ich gehöre in diese Rubrik! Denn aus Erfahrung wird man klug. Das sind jene Patienten, die von den Ärzten am meisten gefürchtet werden. Patienten, welche sehr kritisch geworden sind, dies durch schlechte Erfahrungen. Diese geben sich nicht einfach zufrieden mit unbegründeten ärztlichen Verordnungen. Sie wollen das „**Weshalb**" wissen und über allfällige Neben- bzw. Nachwirkungen informiert werden. Auch bei der Diagnosenstellung interessiert es die erfahrenen Patienten, weshalb er diese Krankheit erhielt. Und mit dem Rezept ausfüllen, ist es für diese Patienten noch nicht getan. Sie wollen wissen, weshalb welches Medikament verschrieben wird und was es bewirken soll. Allfällige Nebenwirkungen werden von den schlechten Ärzten verschwiegen. Der Patient kann ja die Packungsbeilage studieren. Und sollte er blind sein, stehen ja seine Familienangehörigen sicher

gerne für eine Vorlesung der Packungsbeilage zur Verfügung.

Als unbequeme Patienten werden wahrscheinlich auch jene taxiert, welche „zu lange" den Arztbesuch hinausschieben, wenn sie eine Veränderung an ihrem Körper festgestellt haben. Auch ich gehöre zu dieser „unmöglichen, verantwortungslosen" Sippe von Patienten. Wissen Sie, weshalb? Lieber ein paar Tage länger die Symptome ertragen als ein paar Tage früher den zum Teil als „Blabla" zu bezeichnenden ärztlichen Kommentar von schlechten Ärzten anhören zu müssen!

Rubrik „gute Ärzte" - mein Hausarzt

Als bestes Beispiel kann ich meinen Hausarzt bezeichnen. Er hat sich als sehr sensible, sensitiver Arzt herausgestellt. So nimmt er sich die Zeit und hört mir auch zu, wenn ich das Bedürfnis habe, mein Seelenleben etwas zu erleichtern. Auch gibt er mir bereitwillig Auskunft über seine Empfindungen und Gedanken, welche bei ihm als Arzt und Mensch entstanden sind.

Dialog:

Ich: Wie gehen Sie als Mensch mit dem Wissen um, daß Sie als Arzt dieser perfiden Krankheit fast hilflos entgegenstehen?

Er: Es ist sehr schwer für mich und stimmt mich traurig. Besonders, wenn es sich um einen Menschen meiner Generation handelt. Als Arzt muß ich jedoch lernen, mit diesem Gefühl der Ohnmacht umzugehen.

Mit seinem offenen Verhalten ermöglicht meine Hausarzt somit eine gleichwertige Beziehung. Er sieht sich nicht als Halbgott in Weiß, der über seine Patienten steht. Nein, hier finde ich die Gleichberechtigung für beide Seiten! Und er nimmt mich sehr ernst und glaubt mir, wenn ich ihm eine Symptomatik schildere. Er versucht nicht, zu verniedlichen oder gar zu dementieren, was ich leider bei den schlechten Ärzten erleben mußte. Mit seinen sofort eingeleiteten Untersuchungsmaßnahmen (Einweisung in die Klinik) ist die rasche und richtige Diagnose stets gewährleistet. Ein sehr beruhigendes und auch motivierendes Gefühl für mich, diesen Arzt an meiner Seite zu wissen. Seine Bereitschaft, Hausbesuche (auch zu Unzeiten) zu machen, beweist mir, daß mein Hausarzt den Arztberuf aus innerer Überzeugung und Berufung gewählt hat. Und nicht aus Prestigegründen. Mit ihm als mein Hausarzt bin ich einmal mehr der größte Glückspilz auf Erden! Denn ich weiß aus Erfahrung, daß ich mich in sehr guten Händen befinde, nämlich in den Seinen.

Rubrik„gute Ärzte"/Kantonsspital, medizinische Poliklinik

Da ist noch der mich betreuende Arzt, welcher mir von Beginn an sehr positiv auffiel. Über die fachlichen Qualifikationen kann ich mich nur positiv äußern, auch betreffen Medikamentation bin ich bisher sehr gut mit ihm gefahren. Was er mir bisher verschrieb, wirkte meistens. Wenn nicht, liegt der Grund nicht bei seiner falschen Wahl, sondern bei meinen diversen Resistenten, die sich mittlerweile gebildet haben. Auch ich habe festgestellt, daß es sich bei ihm um einen sensiblen und sensitiven Arzt handelt. nachstehender Dialog ist beispielhaft für ihn:

Dialog:

Er: Sie müssen das Medikament Cymevene Ihr ganzes Leben nehmen!

Ich: Was? Mein ganzes Leben lang? Bis ich 80 bin(einer meiner Scherze)?

Er:(schaute etwas verlegen zu Boden) Ich glaube, das Alter von 80 Jahren ist in Ihrer Situation etwas hoch gegriffen.

Ich: Okay, Sie haben ja recht. So alt will ich so oder so nicht werden.

Er ist so süß! Übrigens schwärmen auch die Krankenschwestern in dieser Abteilung von ihm. Interessanterweise aus denselben Gründen wie ich. Sie loben seine Feinfühligkeit und Scheue (Ein Mann darf auch scheu sein, nicht nur Frauen) und sein freundliches Verhalten. Er grüßt mich und auch das Personal, wenn er am Morgen auftaucht. Von Arroganz kann bei ihm keine Rede sein! Und gut sieht er auch noch aus. Wie bei meinem Hausarzt fühle ich mich auch bei ihm gut aufgehoben.

Rubrik „schlechte Ärzte“ Emergency-Clinic USA
1992 hatte ich einen weiß belegten Hals. ich dachte an eine Angina. Außerdem hatte ich diese unglaublich starken Schmerzen in meiner Speiseröhre, so daß ich fast nichts mehr essen konnte. Gewichtsverlust binnen 2 Monaten 10 kg. Eines Tages ging ich in eine meinem Wohnort nahe Arztpraxis. Ich zeigte dem Arzt meinen Hals, er nahm einen Abstrich und ca. 30 min. später teilte er mir die Diagnose mit: „Sie haben eine bakterielle Infektion. Das ist kein Problem, kann mit Antibiotika ausgeheilt werden.“ Zu meinen Schmerzen in der Speiseröhre meinte er: „Wahrscheinlich haben Sie einen Knick in der Speiseröhre, das ist nicht tragisch. Millionen haben dasselbe Problem. Wenn es schlimmer wird, müssen Sie notfalls an eine Operation denken. Trinken Sie auf jeden Fall 2 Stunden vor, während und 2 Stunden nach dem Essen nichts. Das wird Ihnen auch Erleichterung verschaffen.“ By the way: er wußte. daß ich HIV-positiv bin und hätte sofort den Pilz erkennen müssen! Im Rachen als auch in der Speiseröhre. Die Angina nahm ich ihm ab, weil ich als Kind sehr oft daran erkrankte. Meine arme Mutter könnte ein Lied davon singen! Sein Gefasel betreffend der Speiseröhre glaubte ich ihm ebenfalls. Dies, weil ich nie informiert worden war, welche Krankheiten bei HIV-Positiven zu erwarten sind. So auf jeden Fall nicht über Pilzbefall, speziell in den feuchtwarmen Gegenden wie Rachen, Scheide, Anus.

Nachdem ich brav meine Antibiotika eine Woche lange eingenommen hatte, verschwanden die weißen Flecke in meinem Hals. Doch nach 2-3 Tagen tauchten sie wieder auf - vermehrt. Denn Antibiotika tötet auch die „good boys". Das Speiseröhrenproblem hatte sich schon gar nicht gebessert, obschon ich (Idiotin) mich strickt an seine Anweisungen betreffend des Trinkverhaltens gehalten hatte. Ich suchte dieselbe Praxis ein zweites Mal auf. Mein Arzt war nicht hier, eine Kollegin hatte dessen Stellvertretung übernommen. Sie hatte meine KG vor sich liegen, auf deren Deckblatt ein riesiges Pluszeichen befand (Umfang ca. 5 cm). Ich zeigte ihr meinen belegten Hals und jammerte über meinen Schmerz in der Speiseröhre.

Dialog:
Sie: Offensichtlich war das Antibiotika nicht stark genug. Da müssen wir es mit Penicillin versuchen.
Ich: Aber Sie haben doch gesehen, daß ich HIV-positiv bin und daher nur in äußersten Notfällen mit Penicillin behandelt werden darf. (die einzige wichtige Info, die mir einer meiner früheren Ärzte gegeben hatte).
Sie: Tatsächlich, wie konnte ich dieses große Plus auch nur übersehen?
Das fragte ich mich auch.

Über meine geplagte Speiseröhre diskutierten wir schon gar nicht mehr. Offensichtlich war ihr die Lust vergangen, die Verantwortung für mich als HIV-Patienten zu übernehmen. Mit einem Spezialisten für Infektionskrankheiten löste sich denn auch mein Problem.

Rubrik „schlechte Ärzte" Universitätsspital Abteilung Infektionskrankheiten
Im Januar 1994 ging ich erneut in die Uniklinik. dies nach dem zweijährigen Unterbruch, der infolge meines USA Aufenthaltes entstanden war. Natürlich hatte der Arzt gewechselt, ein neues „Pamper-Face" war dort. Was ist ein

„Pamper-Face"? Das sind jene Ärzte, die frisch vom erfolgreich abgeschlossenen Studium ihr erstes Praktikum im Spital leisten. Ihre Hämorrhoiden sind noch warm vom Quetschen auf den Hörsaalbänken. Ihre Unerfahrenheit geht sehr oft zu Lasten von uns Patienten. Diese jungen Studienabgänger haben vermutlich in ihrem Leben noch nie gelitten und wahrscheinlich wurde ihnen alles in den Schoß gelegt. Man sieht es an ihrem Gesichtsausdruck. Da ist keine Persönlichkeit im Gesicht vorhanden. Oder hätte ich sonst so Schwierigkeiten gehabt, all diese „Frischlinge" voneinander unterscheiden zu können? Jedesmal, besonders im Kantonsspital, muß ich das Namensschild lesen, damit ich Hinze von Kunze unterscheiden kann. Alle sehen sie einander so ähnlich.

Somit fällt es mir schwer, diese Pamper-Faces als Arzt und auch als Mensch ernst zu nehmen und zu respektieren. Einzige Ausnahme bildet mein Arzt aus der medizinischen Poliklinik der Kantonsklinik. Ihn habe ich schon nach dem ersten Meeting problemlos wiedererkannt und mußte nicht auf sein Namensschild schauen - weil sein Gesicht Persönlichkeit aufweist. Übrigens haben auch die meist sehr jungen Oberärzte oft ein „Pamper-Face". Und ich frage mich, weshalb sie zum Oberarzt befördert wurden (junges, unerfahrenes Gemüse).

Oberärzte, ob jung oder älter, haben sich übrigens als die Schlimmsten herausgestellt, was unsensible Bemerkungen und Sprüche angeht. Die Folgestories untermauern meine Behauptung!

Beim ersten Meeting wurde der übliche Generalcheck gemacht. D.h. das Pamper-Face (der Assistenzarzt) untersuchte :Blutdruck, Blutentnahme zur Bestimmung der Anzahl Helferzellen, andere Blutwerte, die Reflexe an Beinen und Armen. Als er fertig war mit seinen

Untersuchungen, klärte ich ihn über Symptome auf, die ich seit mehreren Monaten festgestellt hatte:

Dialog:

Ich: Seit mehreren Monaten habe ich chronisch erhöhte Temperatur bis zu 38 Grad. manchmal sogar sehr hohe Fieberanfälle bis zu 41 Grad.

Er: (glotzte mich belämmert an) Ah ja? Da muß Irgendwo ein Infektionsherd sein... (Ein intelligentes Kerlchen, finden Sie nicht auch?)

Ich: Mit Bestimmtheit! Zusätzlich zum Fieber habe ich auch Stiche in den Lungen.

Er: Sind Sie sicher, daß es Stiche sind und nicht einfach eine Muskelverkrampfung in den Schultern ist?

Ich: (konnte dem Gehörten nicht glauben) Ich vermag sehr wohl Stiche in den Lungen von einer muskulösen Verkrampfung zu differenzieren. Soviel Intelligenz sollte uns Patienten wohl eingestanden werden, auch wenn sie keinen Doktortitel tragen!

Er: grinste verlegen!

Ich: Vielleicht sollten wir mal ein Röntgenbild meiner Lungen anfertigen?

Er: Solche Untersuchungen sind sehr teuer und sollten nur bei äußerstem Bedarf gemacht werden.

Beim nächsten Meeting fragte mich Pamper-Face, ob ich bereit sei, bei einem Testprojekt betreffend Präventivmaßnahmen gegen Lungenentzündung mitzuwirken. Natürlich stimmte ich zu, obschon es sich um wöchentliche einstündige Inhalationen handelte. Das ist eine sehr anstrengende Prozedur, gilt es doch, die Inhalationsdämpfe möglichst tief einzuatmen. Mir fielen meine Lungenstiche wieder ein und darauf ergab sich folgendes Gespräch:

Dialog:

Ich: Wäre es nicht von Vorteil, vor der ersten Inhalation einen Statuscheck meiner Lungen zumachen? Damit sie den jetzigen Zustand meiner Lungen kennen?

Er: Nein das ist nicht nötig. Und es wäre eine unnütze, teuere Ausgabe.

Ich: (dachte)schon wieder dieses Kostendenken - hat man mich eigentlich bereits schon abgeschrieben? Soll man doch lieber bei 90jährigen an die Kosten denken? - mit der realistischen Begründung: *It is time to go, grandma* oder grandpa ...Sie haben ja schon ein langes Leben hinter sich.

Nachdem ich bemerkte, daß ich puncto Statuscheck auf taube Ohren stieß, gab ich auf und willigte trotzdem in den Test ein. So ging ich in der nächsten Woche zur ersten Inhalationssession.

Als ich meine Mutter am Abend anrief, um ihr meine Inhalationserlebnisse zu schildern, mußte ich wie so oft husten (Raucherhusten) . Meine Mutter aber sagte mir: „Von wo kommt plötzlich dieser Husten?“ Ich meinte: „Das ist doch nichts Neues, Mama, das ist wie bei Dir der Raucherhusten.“ Sie gab sich mit dieser Erklärung nicht zufrieden: „Nein, das war nicht Dein normaler Husten, er klingt viel tiefer und überhaupt anders..“ Da ich weiß, daß meine Mutter große Ängste betreffend meiner Gesundheit hat, dachte ich, daß es wohl wieder einmal ihre Angst war,, das sie meinen Husten „anders“ hören ließ. Am nächsten Tag aber stellte sich heraus, daß sie einmal mehr recht hatte: Ich hatte Fieber mit 41 Grad und stete Hustenanfälle, die so schmerzhaft waren, daß sie mir die Tränen in die Augen trieben.

So ging ich zum ersten Mal zu meinem jetzigen Hausarzt. Dieser ließ als erstes eine Röntgenaufnahme von meinen Lungen machen, da er (wie ich) auf eine Lungenentzündung tippte. Auf den Aufnahmen war jedoch nichts ersichtlich. So dachte er an die Möglichkeit einer Tuberkulose und injizierte mir ein Testmittel. Die betroffene Stelle am Arm zeigte dann nach ca. drei Tagen tatsächlich eine Reaktion, welche auf die Tuberkulose hinwies. Er wies mich sofort in eine Regionalklinik ein und später in die Kantonsklinik, dies zwecks Bronchoskopien. Während der zweiten Bronchoskopie in der Kantonsklinik wachte ich einmal für den Bruchteil einer Sekunde unter grauenhaften Schmerzen auf, schoß aus meiner Liegestellung auf. Entweder narkotisierten sie mich zuwenig oder aber der Arzt hatte Metzgerhände. Die erste Bronchoskopie in der anderen Klinik verlief optimal, ich spürte nichts und erwachte auch nicht. Der dortige Arzt wurde mir von meinem Hausarzt empfohlen, da er einen guten Ruf hat, was solche Untersuchungen angeht. Recht hatte er! Die ganze Prozedur verlief absolut schmerzlos.

Die Bronchoskopien bestätigten den Verdacht meines Hausarztes auf Tuberkulose in den Lungen-Lymphknoten. Sofort leitete er die medikamentöse Therapie ein, welche ein Jahr lang dauerte. Mit dem Erfolg, daß die Tuberkulose bereits nach ca. drei Monaten eliminiert war. Gegen das hohe Fieber und den grauenhaften Schmerz während meiner Hustenanfälle halfen mir täglich vier Ponstan 500 mg. Ein Wundermittel, dieses Ponstan!

Rubrik „schlechte Ärzte" Augenklinik/Oberarzt (=OA)

Nach Entdeckung meiner fortgeschrittenen Blindheit am linken Auge (wie schon beschrieben) besorgte mir mein Hausarzt sofort Notfallmäßig einen Untersuchungstermin in der Augenklinik. Als ich (mit 40 min. Verspätung) endlich an der Reihe war, stand ich zwei Ärzten gegenüber. Nämlich dem Oberarzt und dessen Assistenzarzt. Ich sagte zynisch: „Aha, gerade zwei Ärzte, für jedes Auge einen, weshalb auch nicht." Wenigstens hatten Sie Humor und lachten über meine Bemerkung. Für beide Ärzte mußte ich Sehübungen machen, die Augen in alle Richtungen verdrehen bis zum geht nicht mehr. Später kamen noch zwei andere Oberärzte und ein Assistenzarzt hinzu. Alle waren sie quasi in heller Aufregung. Ich fragte den ersten Oberarzt, ob mein Auge denn ein solch interessanter Fall sei, weil insgesamt 5 Ärzte in mein linkes Auge starrten. Er bejahte. Nach dem fünften Arzt und somit dem fünften Mal Verdrehen meiner Augen dankte ich der Natur, daß die Augen nicht anfällig auf Muskelkater sind. Der Oberarzt sagte mir, daß ich eine sehr seltene Infektion hätte. Auf meine eindringliche Bitte hin erklärte er mir dann auch endlich, weshalb Blindheit entstanden war. Ohne meine beharrliche Fragerei wüßte ich bis heute noch nicht, welches Problem ich genau habe. Die Herpesviren griffen meinen Sehnerv an, und offensichtlich schmeckte ihnen dieses Menü. Die Folge davon ist die Vernarbung meines Sehnervs. Zum letzten Mal schaute der erste Oberarzt nochmals in das bewußte Auge, dies mit dem komplizierten Augenoptikgerät. Während er nahe bei meinem Gesicht war, hustete er plötzlich, und zwar voll in mein Gesicht. Ich war geschockt!

Dialog:

Ich: Ich wäre Ihnen dankbar, wenn Sie nächstes Mal nicht direkt in mein Gesicht husten. Ich brauche Ihre Tierchen nicht auch, ich habe genug in meinem eigenen zoologischen Garten.

OA: Ach, das ist doch nicht tragisch, wenn ich Ihnen in das Gesicht huste. Zwischen Arzt und Patienten gibt es einen Schutzwall. Wußten Sie das nicht?

Ich: (dachte) Du A... erzähl mir doch nicht solche Scheiße. Einem siebenjährigem Kind kannst Du so etwas ja erzählen und es glaubt Dir, aber mir sicher nicht. Aber ich sagte: Bleibe ich auf dem Auge eigentlich blind, oder gib es eine Chance, daß sich der geschädigte Sehnerv mit der geplanten Infusionstherapie (Cymevene) wieder regeneriert?

OA: Blind werden Sie so oder so nie sein. Sie haben ja noch das rechte Auge zur Verfügung.

Einmal mehr während meiner Patientenkarriere traute ich meinen Ohren nicht!

Ich (dachte): Das darf ja nicht wahr sein. Wie lange muß ich mir diesen Wahnsinn eigentlich noch anhören? jedermann weiß, daß bei Ausfall des einen Auges das zweite, anfangs gesunde Auge durch Überbelastung nach einer gewissen Zeit ebenfalls Schaden nehmen kann.

Ich: Ich möchte gerne noch ein Rezept für eine richtige und schöne Lesebrille.

OA: Das ist nicht nötig. Richtige Brillen sind sehr teuer, und Schluß endlich sehen Sie damit nicht besser. Die Billig-Lesebrille, die Sie ja seit einem Jahr haben reicht für Sie für diesen Zweck völlig.

Ich: Ich glaube, Sie überlassen die Budgetierung besser mir. Ob Sie mir glauben oder nicht: ich kann mir sehr wohl eine schöne, richtige Brille leisten. Also, bitte schreiben Sie mir jetzt das Rezept.

Er weigerte sich partout, mir, mit den neuen soeben festgestellten Werten ein Rezept zu erstellen. Es wurde mir zu blöd, ich regte mich nicht einmal mehr auf. Schließlich brauche ich meine wertvolle Energie, die ich noch habe, für wichtigere Dinge, als mich mit einem solchen Arzt zu streiten.. Ich verließ die Augenklinik (kopfschüttelnd) und ging in der Stadt zu einem Optiker.

Für daheim reicht die vor einem Jahr verschriebene billige Lesebrille, aber wenn ich außer Haus bin, kommt meine Eitelkeit zu tragen und ich möchte ein wirklich schönes, auf meine Kopfform abgestimmtes und zu meinem Gesicht passendes Brillengestell haben. Aids hin oder her - Eitelkeit muß sein!

All diese Bemerkungen des Oberarztes beweisen, daß es sich um einen unsensiblen und speziell unsensitiven Arzt handelt. Übrigens, falls Sie die Differenz zwischen Sensitivität und Sensibilität nicht kennen, hier die genaue Definition: Sensibilität ist auf sich selbst bezogen. Personen, welche von sich aus selber sagen, daß sie sensibel sind, stellen sich bald einmal als Egoisten heraus. Sie sind derart Ichbezogen, daß sie nur an ihre eigene Verletzbarkeit denken. Aber auch nehmen sie dem Gesprächspartner den Wind aus dem Segel. Denn diesen befällt automatisch das ungute Gefühl das Sensibelchen (Mimöschen), mit Ehrlichkeit, sei sie auch noch diplomatisch, zu verletzten. Wenn Sie auch zu dieser Sorte gehören, die ihre Sensibilität betonen, sollten Sie sofort aufhören. Sensibilität ist nichts positives, sondern im Gegenteil etwas sehr negatives! Anders verhält es sich da mit der Sensitivität. Sensitive Menschen haben ausgezeichnete Antennen und vermögen deshalb sehr gut, sich gefühlsmäßig in die Lage des Gegenübers zu versetzen.

OA = (für mich) nicht Oberarzt sondern Oberanus

Die Vorgeschichte zu meiner plötzlichen Sehschwäche (ca. Frühjahr 1994)

Seit zwei Jahren habe ich immer wieder schlechte Augentage. Wenn ich am Morgen aufstehe, sehe ich alles nur noch verschwommen. Ich sagte dies meinem Hausarzt noch gleichen Tages, worauf er mich sofort zur ersten Untersuchung in die Augenklinik schickte. Der damalige Arzt untersuchte meine Augen. Ein Frischling, er wurde inzwischen wieder einmal ausgewechselt.

Dialog:

Er: Es handelt sich offensichtlich um eine altersbedingte Sehschwäche.

Ich: Sind Sie sicher?

Kann eine dermaßen starke Verschlechterung der Sehkraft quasi über Nacht kommen? Könnte dies nicht mit Aids zusammenhängen?

Er: Ich glaube nicht.

Guter Mann! Du schimpfst Dich Arzt und sollst wissen und nicht glauben!

Ich wußte nicht, daß der Alterungsprozess so schnell fortschreitet! Eine mir sehr liebe Kollegin witzelte: „ Vielleicht hast du den Zeitraffer in dir!“ Auf jeden Fall, glaubte ich ihm diese dubiose Diagnose nicht. Heute weiß ich, von wo diese plötzliche Sehschwäche stammt. Nämlich von der Gehirnentzündung, welche ja auch für die fehlerhafte Motorik (schwache Beine) verantwortlich zeichnet. Er verschrieb mir dann eine der billigen Lesebrillen, Stärke 2 zum Preis von Frs. 10.--.

Rubrik „schlechte Ärzte“ Kantonsspital / Oberarzt OA
Nachstehende Geschichte ereignete sich während meines dreitägigen Aufenthaltes im Spital (Mai 1995, zwecks Operation „Trage eine Katze“ = Katheder legen).

Bevor ich operiert wurde, ging ich noch einmal nach Hause, um meine Medikamente zu holen. Ich steckte sie alle in eine Plastiktüre und brachte sie auf mein Zimmer. Am Folge-, also am Operationstag brachte man mich nach der Operation wieder auf mein Zimmer. Da ich nur eine lokale Narkose erhalten hatte, war ich entsprechend fit. Keine Müdigkeit, allgemein fühlte ich mich wohl. Jedoch knurrte mein Magen, da ich vor der Operation kein Frühstück einnehmen durfte. mein Magen fühlte sich als großes, schmerzendes Loch an, welches nach Fütterung schrie!

Zwischenzeitlich hatte ich hohen Besuch vor meinem Bett stehen: den Oberarzt, den Stationsarzt und einen Assistenten.. Eine Krankenschwester ergänzte die illustre Runde. Alle glotzten sie mich an. Man nennt so etwas Arztvisite. Nachdem ich wahrheitsgetreu die Fragen beantwortet hatte, wie es mir denn gehe, nämlich „gut, danke der Nachfrage,“ meldete ich mein Bedürfnis nach einem Gipfeli und Kaffee an. Fit, wie ich mich fühlte, wollte ich das wohlverdiente Frühstück in der Cafeteria einnehmen. Den operierenden Arzt hatte ich noch im Operationssaal bereits dahingehend informiert, daß ich sofort in die Cafeteria gehen werde. Er lachte und wünschte mir einen guten Appetit. So war ich mir sicher, daß meine Idee mit der Cafeteria problemlos durchzuführen war. Ich hatte mit seiner Bemerkung ja grünes Licht erhalten!

Denkste! Als ich die fünf Weißkittel über meine Absicht informierte, mein Frühstück in der Cafeteria zu nehmen, entwickelte sich folgendes sehr interessantes Gespräch, welches mir einmal mehr die mangelhafte Informationsfähigkeit und Sensitivität eines Oberarztes bewies.

Dialog:

Ich: Ich gehe jetzt zum Frühstück in die Cafeteria. ich habe grauenhaften Hunger.

OA: Das kommt nicht in Frage. Sie müssen ruhig liegenbleiben. Immerhin wurden Sie gerade frisch operiert. Sie können das Frühstück ja hier im Bett einnehmen.

Ich: Wo liegt denn da der Unterschied? In beiden Fällen, ob in der Cafeteria oder auf meinem Bett, sitze ich ja aufrecht. Da sehe ich keine Logik. Daher gehe ich doch in die Cafeteria.

OA: Sie sind in einer Klinik und haben sich an die Hausordnung zu halten.

Ich: Guter Mann, Sie haben da ein kleines Durcheinander. Von einem Verstoß gegen die Hausordnung kann gesprochen werden, wenn ich als Patientin z. B. trotz Verbot im Zimmer rauche. Und das mache ich nicht. Sie sprechen wohl von einer ärztlichen Vorordnung.

OA: schaute mich verärgert an(oder war er nur verlegen?)

Ich dachte: Ich würde Dir gerne Deutschunterricht geben. Es scheint hier ein Defizit in deinem Vokabular vorhanden zu sein.

Nach dieser kleinen Spezialeinlage kehrte ich zum Hauptthema Frühstück zurück.

Ich: Also, ich gehe jetzt in die Cafeteria. Als Patientin bin ich selbst meine beste Ärztin. Denn im Gegensatz zu Ihnen kenne ich meinen Körper bereits seit 34 Jahren und mute mir zu, die Reaktionen meines Körpers richtig einzuschätzen.
OA: Kommt überhaupt nicht in Frage. Sie frühstücken hier auf der Station.
Ich: Warum denn? Nennen Sie mir bitte einen akzeptablen Grund, weshalb Sie so auf meinem Hierbleiben bestehen.
OA: Das Operationsblut könnte bei zu viel Bewegung in den Katheder fließen und somit denselben verstopfen.
Ich: Gut. Dieses Argument leuchtet mir ein. ich frühstücke im Zimmer auf meinem Bett.

Fazit: Die ganze Diskussion hätte uns beiden erspart werden können, wäre diese Argumentation seit Beginn ausgesprochen worden. Ich gehöre zu jenen Patienten, welche informiert werden wollen und das „Warum" wissen möchten. Informationen dieser Art muß man meistens anfragen. Auf meine direkte Frage „Weshalb..." erhielt ich schon des Öfteren indirekte, nichts aussagende Antworten, wie z. B. : es ist halt so, oder es wäre besser, wenn. Ja schon gut, ich glaube es ja. Aber weshalb wäre es besser? Ich gehöre in die Rubrik, unbequeme Patienten, denn ich denke selbständig und traue mir ein gesundes Urteilsvermögen zu.

Die Geschichte mit diesem Oberarzt ist noch nicht beendet. Nachdem ich mich betreffend Frühstück einsichtig gezeigt hatte, tauchte bereits das nächste Problem auf:

Dialog:
OA: Welche Medikamente nehmen Sie eigentlich? (Zur Erinnerung, dies steht in den 5 Krankengeschichten **KG's**)
Ich: Es befinden sich alle in der Plastiktüte, die auf dem Nachtisch liegt. Sie können ja mal reinschauen.

OA: Befindet sich auch das Methadon darin?
Ich: Was glauben Sie eigentlich? Seit fast 10 Jahren bin ich absolut drogenfrei und gehöre zu den paar Prozenten, die es geschafft haben. Und darauf darf ich wohl stolz sein. (Personen , die unter Methadonbehandlung stehen, sind meines Erachtens immer noch süchtig).
OA: Das wußte ich nicht.
Ich: Das steht doch alles in meiner KG!
OA: Ich habe Ihre KG nicht gelesen.
Erneut traute ich meinen Lauschern nicht!!!
Ich dachte : Was steht dieser Trottel denn vor meinem Bett und visitiert mich? Wenn er keine Ahnung hat, was meine Krankengeschichte angeht?
Ich: Aber daß ich Aidskrank bin, das wenigstens wissen Sie, oder etwa auch nicht?
OA: Natürlich weiß ich das.
Ich: Finden Sie nicht auch, daß ich noch in guter Verfassung bin mit einem Immunsystem von quasi Null? (15 - 20 Abwehrzellen pro ml Blut)
OA: Es ist absolut kein Problem, mit Null-Immunsystem zu leben.
Dieses Mal traute ich nicht nur meinen Ohren nicht - vielmehr machte ich mir ernsthafte Gedanken über seinen geistigen Zustand.
Ich: Kein Problem sagen Sie! Sterben deshalb rundherum die Aidspatienten wie die Fliegen?

Auf die für ihn wohl zu anspruchsvolle Frage wußte er keine Antwort. Endlich verzog er sich und sein Gefolge. Und ebenfalls endlich kam ich zu meinem wohlverdienten Frühstück, natürlich im Zimmer, auf dem Bett!

Rubrik „schlechte Ärzte“ Kantonsspital Neurologie
Thema: Rücksichtsloser Forschungstrieb von Pamper-Faces.
Nachdem ich die erste Assistenzärztin und den kontrollierenden Oberarzt zur Pünktlichkeit erzogen hatte,

wurden beide nach bereits vier Monaten ausgewechselt. Natürlich wollten sich der neue Oberarzt und die Assistenzärztin nicht auf die bisherigen Untersuchungen verlassen, was irgendwie verständlich ist.

In der Neurologie wird so disponiert:
Vier Patienten werden z. B. auf 08.00 Uhr bestellt. Soweit, so gut, schließlich gibt es auch vier Assistenzärzte, deren Pünktlichkeit schon bei der ersten Patientenserie nicht die starke Seite ist! So muß man als erster Patient schon bis zu dreißig Minuten auf die erste Untersuchung warten.

Da es aber nur zwei Oberärzte gibt, welche die nachträglichen Kontrolluntersuchungen erledigen, sind zwei Patienten im voraus zur weiteren Warterei bis zu vierzig Minuten verurteilt. Eine absolute Frechheit uns Patienten gegenüber. Finden Sie nicht auch?

Bei der ersten Untersuchung hatte ich das als Unerfahrene noch nicht gewußt. Als ich die erste Assistenzärztin anfauchte, klärte sie mich geduldig über diesen Mißstand auf. Sie zeigte Verständnis, als ich ihr sagte, daß ich mein noch kurzes Leben nicht infolge unnötiger Warterei im Spital versauern wolle. Sie ist eine gute Ärztin und geht auf die Patienten ein. Somit spielte sich nachträglicher Dialog mit ihr nach erfolgter zweiter Untersuchung wie folgt ab:

Dialog:
Sie: So, jetzt müssen wir noch auf den Oberarzt warten.
Ich: Ich warte nicht länger als 10 Minuten, dann gehe ich.
Nach genau 10 Minuten kleidete ich mich wieder an. Als ich die Schnürsenkel gebunden hatte, trat er ein, mit ca. 4 Minuten Verspätung.
Er: Ich möchte Sie gerne untersuchen, könnten Sie sich nochmals entkleiden? (Immerhin fragte er mich, und bestimmte nicht)

Ich: Mit Sicherheit nicht! Sie wurden von der Assistenzärztin dahingehend informiert, daß ich auf die Sekunde genau 10 Minuten warten würde. Und ich latschte davon.

Zur Erinnerung liste ich nochmals kurz auf, welche Untersuchungen ich bereits bei dem ersten „Ärztepärchen" (OA und AA) über mich ergehen lassen mußte, ohne Erfolg, versteht sich von selbst:

1. C: ca. 5-6 mal „Kitzelmethode an den Fußsohlen mit Rechen und sonstige Reflex-, Kraft- und Balancetests (ca. 1 Stunde, durch verspätetes Erscheinen des Oberarztes für die Kontrolluntersuchungen zusätzliche 40 Minuten
2. 2 Lumbalpunktionen á jeweils 1 Stunde
3. 1 Computertomographie (Kopf magnetisch erfaßt, ½ Stunde)
4. 1 MR1 (ganzer Körper wird magnetisch erfaßt, 1 Stunde)

Mit der neuen Assistenzärztin und dem Oberarzt begann eine Untersuchungsserie „Fußsohlenkitzeln" mit einem sehr feingliedrigen Metallkamm. So wird auch am Oberkörper und an den Beinen mit diesem ekelhaften Kamm jeweils rechts und links gestrichen mit der Fragerei: „Spüren Sie links weniger als rechts?" Da ich weiß,, daß vornehmlich meine linke Seite betroffen ist, sage ich ganz einfach: „Ja, rechts spüre ich mehr." Und dabei denke ich jedesmal: „ Wie könnt ihr behaupten, daß ihr auf beiden Seiten mit demselben Druck über meinen Körper streicht - ihr seid ja keine Roboter.

Das „Fußsohlenkitzeln" ist ein Horror für mich. Da ich übergroße Reflexe habe, verkrampfen sich meine Beine und geben mir das Gefühl, direkt vor einem Krampfausbruch zu sein. Diese Reflexe spüre ich auch, wenn ich meine Füße wasche. Allerdings zucken die Füße lediglich ein bißchen. Wenn es mehr wäre, würde ich sie einfach nicht mehr waschen.

Da sind die Hämmerchenmethode zur Eruierung von Reflexen und die Balancierungsübungen (Auf Fersen und auf Zehnspitzen laufen) dann doch wesentlich angenehmer.

Die neue Ärztin wollte noch ein EEG machen. Da es das erste EEG war, willigte ich denn auch ein. Zwei Wochen später erhielt ich eine schriftliche Vorladung mit Terminangabe. Die darin enthaltene Drohung, daß mir die Zeit bei Nichteinhaltung des Termins berechnet würde, erinnert mich an meine früheren Zeiten. Gerichtliche Vorladungen, welche den Vermerk enthielten, daß ich bei Nichterscheinen polizeilich vorgeführt werde.. Als hätte ich je einen Arzttermin verpaßt! Natürlich erschien ich pünktlich in der Neurologie. Obschon ich ahnte, daß das EEG keine Erkenntnisse gebracht hatte. So war es den auch!

Dialog:

Ich: Ich möchte ja nichts vorwegnehmen, aber das EEG hat auch nicht gebracht.

Sie: Leider nicht (sie klemmte ihre Arme zwischen ihre Beine und schaute mich lächelnd an. Das tut sie immer, wenn sie unsicher ist).

Ich: Das habe ich mir schon gedacht.

Sie: Hat sich die Krankheit verschlimmert oder verbessert?

Ich: Weder noch. man kann von einer Stabilität reden.

Sie: Ich möchte Sie noch einmal untersuchen.

Ich: Aber warum denn? Eben habe ich Ihnen gesagt, daß keine Änderungen stattgefunden haben.

Sie: Trotzdem - vielleicht hängt es mit Epilepsie zusammen.

Ich: Das könnte durchaus möglich sein. Vor ca. einem Jahr hatte ich einen einmaligen Anfall. Steht in der KG. Wußten Sie das?

Sie: Soweit bin ich noch nicht gekommen (verständlicherweise hat sie sich beim Durchlesen meiner Akte auf das Aktuelle konzentriert)

Ich: Jetzt wissen Sie es ja.

Sie: Ich möchte Sie jetzt trotzdem noch einmal untersuchen.
Ich: Und Sie wollen mir weiß machen, daß Sie einen Zusammenhang zwischen Epilepsie und meiner Krankheit mit Fußsohlenkitzeln bestätigen können?
Sie lächelte mich wieder in ihrer verkorksten Haltung an (ohne Antwort).
Ich: Also, diese weitere Untersuchung ist wirklich nicht nötig.
Sie: Jetzt habe ich extra eine Stunde für Sie reserviert.
Ich: Aber das ist ja prima - so bleiben Ihnen noch 45 Minuten Zeit, einen Kaffee zu trinken. Schreiben Sie in das Dossier: Patientin weigert sich, eine weitere, wirklich unnötige Untersuchungen über sich ergehen zu lassen.
Sie: Versprechen Sie mir, daß ich Sie beim nächsten mal untersuchen darf?
Ich: Hören Sie, es ist mir egal geworden, wo die Ursache meiner kranken Beine liegt. Solange ich noch gehen kann, bin ich der glücklichste Mensch auf Erden. Aids macht bescheiden. Klar, ich kann Ihnen versprechen, daß Sie mich beim nächsten Termin untersuchen dürfen. Ich verspreche nicht viel, aber was ich verspreche, halte ich auch.
Sie: Ich möchte sie in den nächsten zwei Monaten wieder sehen.
Ich: Ja. Auf Wiedersehen.

Ich ging, und natürlich dachte ich nicht im Traum daran, mir im Sekretariat einen neuen Termin zu holen.. Der Dialog fand im Oktober statt. Heute schreiben wir bereits April. Allfällige, in mein Haus flatternde „Vorladungen“ werde ich dort deponieren, wo sie meiner Meinung nach auch hingehören, nämlich in den Papierkorb. Und, was Anstand ist, alle Termine beim Sekretariat absagen(es tut mir wirklich furchtbar leid, aber diesen Termin kann ich nicht wahrnehmen). Was will ich hiermit aufzeigen? Daß in egoistischer Weise der Forschungstrieb von Neulingen ausgelegt wird - und daß die Gefühle und auch Interessen von Patienten übergangen werden.

Es ist wohl leicht vorstellbar, daß Todkranke ihr noch kurzes Leben nicht mit erfolglosen, langen und vor allem unnötigen Untersuchungen versauen möchten. Insbesondere, wenn zu Beginn klar ist, daß es einmal mehr nichts bringt. **Appell an alle Frischlinge: Bevor Untersuchungen mit todkranken Patienten angesetzt werden, sollten folgende, an sich selbst gestellte Fragen beantwortet werden:**

1. ***Möchte der Patient eine weitere Untersuchung (Thema Hoffnung) oder ist es ihm zwischenzeitlich gleichgültig, was die genaue Ursache ist (Thema Untersuchungsmüdigkeit).***
2. ***Wie groß ist die Chance, daß nach ca. 8 Untersuchungen (mein Fall als Beispiel) mit einem neuen, genau gleich gearteten Untersuchungsszenario der Übeltäter doch noch gefunden wird?***

Die neue Assistenzärztin wollte mir einen zweiten MRI aufdrängen. Dankend lehnte ich sofort ab. Eine weitere Stunde in dieser grauenvollen Röhre zu liegen und zu Beginn schon zu wissen, daß auch dieses Mal nichts gefunden werden kann: auf diese Tortur kann ich verzichten! Übrigens: Für eine Röntgenbild meiner Lungen wollte man keinen Cent ausgeben (Tuberkulose). Aber für diese viel teureren Untersuchungen spielt Geld absolut keine Rolle mehr. Die Krankenkassen bezahlen da ja und auch der Patient mit seiner 10 % Beteiligung. Ich frage mich, wie lange die Krankenkassen noch willens sind, diese unnötigen Forschungsaktivitäten übereifriger und karrieregeilen Frischlinge finanziell zu übernehmen. Diese Geldquelle muß sofort abgestellt werden. So könnten Krankenkassen viel Geld sparen und müßten uns Versicherten nicht immer wieder Prämienerhöhungen abverlangen.

Wären diese Worte nicht auch in der BRD umsetzbar? Wird hier in den Krankenhäusern vielleicht auch zuviel untersucht zu Lasten der Krankenkassen und der Patienten? Wäre die Einführung einer Patientenkarte, in der alle Untersuchungen eingetragen werden, und die der Patient immer wieder zu den Fachärzten etc. mitnimmt, um unnötige Zweituntersuchungen zu vermeiden, nicht sinnvoll?

Rubrik „schlechte Ärzte und Pflegepersonal" Kantonsspital Notfallstation
Zwecks Röntgenaufnahmen meiner Lungen (Verdacht auf Lungenentzündung) brachte mich ein Sanitätswagen in die Notfallstation. Ich erlebte die vier schlimmsten Stunden, die ich je in einem Spital verbringen mußte. Zur Erinnerung: zum selben Zeitpunkt hatte ich den zweiten Kräfteverlust am ganzen Körper. Was ich alles erdulden mußte, entnehmen, Sie der Poesie am Ende dieses Kapitels. Aber:

1. Man ließ mich vier Stunden in meinen durchnäßten Pampers liegen. Zum Glück löste ich nur Wasser, denn mein Hungergefühl war infolge hohen Temperaturen bis fast 41 Grad gleich Null. Meine Verdauungsorgane hatten Ferien. Ich verlor stattliche fünf Kilos in nur einer Woche.
2. Auf einen gesunden, tiefen heißersehnten Schlaf (Manko ca. 20 Stunden in den drei Tagen, in welchen ich das vom Hausarzt verschriebene Cortison enthaltende Medikament gegen den Husten eingenommen hatte und welches mich aufpeitschte) mußte ich eine weitere Nacht verzichten. Grund: Einige der anderen Patienten befanden sich wie ich noch auf den Krankenwagenbahren, welche im Kopfteil nur manuell verstellt werden können. Sobald jemand vom Pflegepersonal ein Kopfteil hinunterstellte, wurde ein höllischer metallener Lärm erzeugt, da das Kopfteil nicht langsam zurückgestellt, sondern fallen gelassen wurde. Dies ereignete sich ca. alle 10 Minuten! Ich drehte fast durch! Ich will endlich schlafen können! Weshalb darf ich das nicht? Zu diesem Zeitpunkt war ich dermaßen

schwach, daß ich mich vorerst ruhig verhielt. Nach vier Stunden aber bäumte ich mich zum ersten als auch zum letzten Mal auf und lallte mit schwacher Stimme: „Verdammt, macht nicht immer so viel Lärm." Natürlich nützte das nichts. So ergab ich mich meinem Schicksal, nicht schlafen zu dürfen. Apathisch lag ich da, schaute mir die Filme an der Wand an (Halluzinationen!) Dabei wurde ich weggespült von der Realität und gelangte in ein Tal der Einsamkeit, Resignation und Trauer. Und meine Todessehnsucht war stark wie noch nie zuvor.

3. Thematik: Patientenverwechslung - Zu dieser zeit war es ruhig in dieser Station. Trotzdem mußte ich vier Stunden lang warten, bis die drei Röntgenaufnahmen durchgeführt wurden! Wahrscheinlich wäre die Wartezeit noch viel länger gewesen, hätte ich nicht meine Begleiterin zur Seite gehabt. Sie ging als Vorkämpferin zum Arzt:

Dialog (laut ihrer Erzählung):

Sie: Wenn Eva nicht sofort zur Aufnahme gebracht wird, bestelle ich ein Taxi und bringe sie nach Hause zurück.

Er: Einen kleinen Moment noch, ich komme gleich. Übrigens: Was und wieviel hat Ihre Kollegin getrunken? Nach Auskunft der Pflegerin riecht sie stark nach Alkohol? Hat sie noch andere Drogen genommen?

Sie: Mit Bestimmtheit nicht! Eva trinkt keinen Tropfen und seit elf Jahren ist sie absolut drogenfrei. Falls Eva nicht sofort geröntgt wird, betelle ich ein Taxi und bringe sie nach hause.

Er: Sie müssen sich nur noch ein paar Minuten gedulden.

Ich: (lallte) Diese paar Minuten kennen wir - bereits sind vier Stunden vergangen. Ich will jetzt gehen. Bringen Sie mir das Erklärungsformular, welches besagt, daß ich die Verantwortung für meinen Austritt übernehme.

Er: Das geht nicht, Sie sind gerichtsmedizinisch eingewiesen worden.

Ich konnte nicht mehr klar denken. Weshalb hatte mich mein Hausarzt gerichtlich einweisen lassen? So stellte sich per Zufall heraus, daß eine Verwechslung mit einer anderen, vermutlich süchtigen Patientin bestand. Hätte sich dieser Irrtum nicht herausgestellt, dann nämlich, wäre ich alleine gewesen, hätte man mir vielleicht sogar eine Medikament gegen eine Überdosis verabreicht!

Endlich war es soweit, ich wurde zum Röntgen gebracht. Das ging schnell und fix, nach ca. 4 Minute befanden wir uns im Eingang der Notfallstation. Ein Taxi brachte uns nach Hause. Unter Mithilfe des Chauffeurs brachte mich meine Begleiterin in mein Schlafzimmer. Es ist wohl nicht schwer zu erraten, wie es weiterging. Ich schlief wie eine tote fast 8 Stunden lang. Analog der Peperonistory näßte ich die ganze Nacht in meine Pampers. Ich realisierte es nicht, erst beim Aufwachen bemerkte ich das „erfrischende Naß" auf dem Leintuch...

Andere Weißkittel (Pflegepersonal) Kantonsspital med. Bettenstation 5. Stock

Während eines längeren Klinikaufenthaltes im 5. Stock (zehn Tage) mußte ich feststellen, daß es nicht nur weiße, sondern auch schwarze Engel gibt. Ich habe das Pflegepersonal, deren Gesichter und Verhaltensweisen studiert und jedem Typ einen Namen gegeben, welcher nicht allzu ernst zu nehmen ist! Holen wir alle Engel von ihren Wolken und lassen wir sie zu Menschengestalten werden. Da das positive immer besser ist, beginne ich mit den weißen Engeln.

Rubrik „weiße Engel"

Schwester Humoria

lacht gerne, auch über Dinge, welche nicht lustig sind!

Schwester Termina

= Top Organisatorin. Zu festgesetzten Zeitpunkten hat sich der Patient in seinem Zimmer zur Verfügung zu halten. Der

Zeitplan wurde mir auf meinen Nachtisch gelegt. Das empfinde ich als sehr positive Eigenschaft - solange sich auch das Personal daran hält!

Schwester Interessta

= man spürt das Interesse und Ihre Freunde an der Arbeit, die sie verrichtet. Das maskuline Pflegepersonal war generell positiv zu bewerten, sieht man vom Oberpfleger ab (wahrscheinlich ein homosexueller Frauenhasser).

Rubrik „schwarze Engel"

Schwester Frustra

= man sieht sie nur mit einem Sauerampfergesicht. Entweder hat sie private Probleme (gehören speziell bei diesem Beruf zu Hause gelassen!) oder ihr Berufsinteresse ist Null.

Kennengelernt habe ich Schwester Frustra, als sie Nachtschicht schob. Als meine Pampers wieder einmal voll waren von meinem gelösten Wasser,, klingelte ich. Zur Erinnerung: Ich war wieder einmal kraftlos im ganzen Körper und konnte mich nicht einmal aufstützten.

Sie trat ein, ich sah sie zum ersten mal und ich ahnte Böses.

Dialog:

Sie: Ja, was ist (mit unfreundlicher Stimme)?
Ich: Schwester, ich brauche frische Windeln.
Sie ging an den Schrank, nahm eine Windel heraus und warf mir dieselbe aus ca. zwei Metern auf mein Bett.
Sie: Da (kehrte sich um und wollte das Zimmer verlassen)
Ich: Sie, so geht das nicht. Ich brauche Ihre Hilfe, ich bin doch total kraftlos. Widerwillig kehrte sie zurück und wechselte die Windel. Ihr Sauerampfergesicht wirkte nun derart sauer, daß ich auf die Idee kommen mußte, es sei in Zitronensäure getaucht worden.
Ich: Sind Sie sicher, daß Sie die richtige Berufswahl getroffen haben?

Sie: gab keine Antwort und verließ das Zimmer.

In der Folgenacht hatte ich Durchfall, bedingt durch das Medikament Augmentan, welches bekannt für diese unangenehme Nebenerscheinung ist. (Wurde mir gegen die Lungenentzündung verabreicht). Ich läutete, in der Hoffnung, daß es wieder Schwester Frustra und nicht die anderen, freundlichen Schwestern trifft. Tatsächlich kam sie, mit der Sauermiene wie in der vorhergehenden Nacht. Meine liebe Mutter hatte mich zur Höflichkeit erzogen. So entschuldigte ich mich bei ihr und bedankte mich überschwenglich, nachdem sie die ganze Schweinerei gereinigt und mich mit neuen Pampers versorgt hatte. Meine satanische Freude war befriedigt, mein wieder frisch und sauber. Was wollte ich noch mehr?

Geschichten dieser Art erlebte ich in diesen Monaten immer wieder. Warum ich dies so ausführlich niederschreibe ist einfach, ich möchte daß auch Sie als Patient Ihr Recht verlangen. Sie sollen reklamieren, wenn man Ihnen so kommt wie mir. Die ärztliche Fürsorge ist eine Dienstleistung, die von uns und den Krankenkassen, und dem Staat bezahlt wird. Wir haben ein Recht auf gute aber auch kostenbewußte Behandlung. Überflüssige Untersuchungen sind zu vermeiden, könnten vermieden werden wenn manche Ärzte sich die Mühe gemacht hätten das KG zu lesen. Und diese Zeilen sollten auch ein Wunsch, eine Warnung und Aufforderung an Ärzte, Pflegepersonal und Krankenkassen sein.

Notfall oder Schweinestall ?

Ooh Gott..
Nächtelang konnte ich nicht mehr schlafen,
weshalb mußte mich mein Schicksal erneut bestrafen?
Ooh Gott..
Mein vor Übermüdung verwirrter Geist und meine Emotionen
befanden sich in einem endlosen Labyrinth der
Halluzinationen.
Ooh Gott..
Ich war doch so durstig und hätte sehr gerne etwas
getrunken,
Sie brachten mir kein köstliches Naß während langen
Stunden.
Ooh Gott..
Sie verursachten laute Geräusche mit ihren metallenen
Bahren,
jedesmal ließ ein penetranter Lärm meinen Geist hochfahren.
Ooh Gott..
Ganze vier Stunden war ich in meiner Hilflosigkeit gefangen,
und niemand ist auf meine schwachen Hilferufe eingegangen.
Ooh Gott..
Vier Stunden ließen Sie mich achtlos auf der Bahre liegen,
bin ich in mit meinem Wasser getränkten Wasserschutz
geblieben!
Ooh Gott..
Würdelos haben Sie mich behandelt, wie ein Stück
Schlachtvieh,
meine Hoffnungslosigkeit und Verzweiflung vergesse ich wohl
nie.
Ooh Gott..
Habe vermutlich meine letzten 20 tapferen Soldaten* verloren
und bin mir nicht sicher, ob jemals wieder neue geboren.
Ooh Gott..
Eimal mehr war die Todessehnsucht so stark in mir,
warum mein bester Freund, klopfst Du nicht an meine Tür?
*= T-4 Helferzellen(Abwehrzellen)

IX Hilfsbereitschaft -
und täglich werde ich positiv überrascht!

Es sei vorweggenommen: täglich werde ich positiv überrascht von der Hilfsbereitschaft fremder Personen. Das Positive überwiegt. Die folgenden Erlebnisse sind aufgesplittet in „negative und positive Geschichten“.

Negative Story 1 - Öffentlicher Grund und Boden
Ort: Stadtzentrum, bei einer Tramstation (Straßenbahnhaltestelle)
Statisten: ca. 8 ältere Leute im Sommer 95
Damals hatte ich noch keine Stöcke. So hinkte ich sehr stark umher. An jenem Tag bewegte ich mich zur Tramstation, um nach Hause zu gehen. Die Leute, welche dort bereits standen (es waren meist Rentner) starrten mich an. Es störte mich nicht, denn ich hatte mich an die neugierigen blicke bereits gewöhnt. Ich kann mir auch denken, weshalb mich die Leute so intensiv anstarrten. Sie hatten keine visuelle Erklärung für meine extrem humpelnde Gangart. Es war kein Gips vorhanden, auch keine Stöcke. Mein jugendliches Alter und gesundes Aussehen ließ ebenfalls nicht auf eine Krankheit schließen. Somit hatte ich Verständnis für das Anstarren und glotzte ganz einfach zurück.. Eines Tages hatte ich einen plötzlichen Knieeinbruch und stürzte wie von der Axt gefällt auf den Asphalt. Ich lag dort, direkt vor den wartenden Personen und wollte so schnell wie möglich wieder aufstehen, nachdem ich den ersten Schock überwunden hatte. Jedermann weiß, welch mühseliges Unterfangen es ist, sich aus der Hocke heraus aufzustemmen. Erst recht dann, wenn keine Möglichkeit vorhanden ist, sich mit den Armen irgendwo festzuhalten und heraufziehen zu können. Selbst für gesunde Leute, die nicht an einer Beinschwäche wie ich leiden. Übrigens ist das auch eine von Ärzten und Physiotherapeuten viel empfohlene Übung zur Kräftigung der Beinmuskulatur.

Nach fünf oder sechs mißglückten Versuchen gelang es mir endlich, wieder aufzustehen. Wie eine Betrunkene stand ich nach dieser enormen Anstrengung schwankend dort. Die ganze Zeit über schauten die auf das Tram wartenden Personen zu. Daß ich nicht einfach gestolpert war, wußten sie, da sie mich ja vorher hatten humpeln sehen und mich deshalb auch angestarrt hatten.

Nachdem ich endlich aufrecht stand bzw. schwankte, kam eine der wartenden Personen, eine ältere Frau, auf mich zu: „Kann ich Ihnen helfen?" Ich zischte sie an: „Nein, jetzt ist es zu spät". Obschon sie gemerkt haben mußte, wie verärgert ich war, ließ sie nicht locker: „Haben Sie sich verletzt?" Ich zischte sie an: „Schauen Sie auf mein Knie - natürlich habe ich mir weh getan." Ich hatte ja meine weiße Lieblingshose an, die am linken Knie natürlich etwas rot war vom Blut. Was für eine idiotische Frage das doch war...

Interessanterweise beobachtete ich einige Monate vor meinem Erlebnis exakt das gleiche Manko an Hilfsbereitschaft von fremden Personen. Dabei handelte es sich um eine alte Frau, die an der Tramstation nahe meines Wohnortes stürzte. Auf der gegenüber liegenden Traminsel standen mindestens 10 Personen gemischten Alters. Sie schauten tatenlos zu, wie sich die alte Frau vergeblich bemühte, aufzustehen. Keiner rührte sich vom Fleck. Ich rannte sofort zu der bedauernswerten Frau (damals konnte ich noch rennen!) und half ihr auf. Sie war so dankbar ob meiner Hilfe!

Es ist traurig, daß man heue dankbar sein muß, wenn eine Hilfestellung kommt. Mindestens dreimal bedankte sich diese Frau bei mir, war fast zu Tränen gerührt. Ich auch - jedoch aus einem anderen Grund. Ich fragte mich: „Wie weit sind wir Menschen schon gesunken, daß wir tatenlos dem Leid eines Mitmenschen zusehen können?" Und ich war plötzlich froh, wahrscheinlich nicht alt werden zu müssen.

Täglich negative Erlebnisse / öffentliche Verkehrsmittel
Sicherlich bekannt ist nachstehende mangelhafte Hilfsbereitschaft auch bei Frauen mit Kinderwagen und anderen, gehbehinderten sowie älteren Personen. Problem: Das Drücken des rot leuchtenden Knöpfchens bei Tram und Bus während des Ein- und Ausstieges. Wie oft werde ich von den Türen eingeklemmt. Und genau so oft stehen Leute im Tram und schauen mir seelenruhig zu, wie ich zum Sandwich werde. Auf die Idee, mir aufzudrücken, kommen diese Personen nicht. Zu anstrengend für sie? Ich denke da eher an den eskalierten Egoismus. Auch die Gedankenlosigkeit, die immer mehr anzutreffen ist, könnte eine Ursache für dieses Verhalten sein. Interessanterweise handelt es sich hierbei meist um maskuline Jugendliche. Sie stehen bei der Türe, kauen ihren Kaugummi (mir fällt immer eine wiederkäuende Kuh ein). Die Ohrennuggi ihres Walkmans fehlen meist auch nicht.

Tatenlos schauen sie mir zu, wie ich von der Türe eingeklemmt werde und kommen auch dann nicht auf die Idee, den Türknopf zu drücken. Auch was das Anbieten ihres Sitzplatzes in den Stoßzeiten angeht, sind die maskulinen Teenagers und Twenties auch nicht sehr hilfsbereit und entgegen kommend. Dieses Problem jedoch habe ich selten, da ich als Schutzmaßnahme nie mehr während den Stoßzeiten die öffentlichen Verkehrsmittel benütze, sondern den kurzen Weg am Morgen mit dem Taxi in die Klinik fuhr (als ich noch die Cymevene-Infusionen hatte). Nach der Infusion (ca. 09.00 Uhr) ging ich mit den öffentlichen Verkehrsmitteln nach Hause oder in die Stadt. Dann sind die Busse und Trams quasi leer. Ein zweiter Vorteil findet sich auch darin, daß die wenigen Passagiere älteren Jahrgangs und somit eher hilfsbereit sind.

Diese Meinung stimmt mit meiner eigenen nicht ganz überein. meine eigene Tochter ist jetzt 19 und ich finde die jungen Menschen sind wesentlich besser als ihr Ruf. Aber Eva hatte nie Kinder und in der

Verwandtschaft und im Freundeskreis nie viel mit Teenagern zu tun gehabt, und daher auch ihre Aversion.

Täglich positive Begebenheiten - öffentliche Verkehrsmittel - Einkauf im Laden

Tram- und Bustüre aufhalten und den eigenen bzw. jenes des Kindes anbieten: Junge Frauen sind da viel aufmerksamer und eher gewillt, Hilfestellung zu gewähren. Auch mit den älteren Personen habe ich, ausgenommen wie vorher erwähnt, nur positive Erfahrungen gemacht. Sie haben offensichtlich andere Wertvorstellungen und achten auf ihre Umwelt. Sie sind nicht nur mit sich selber beschäftigt, sondern haben auch Augen für ihre Mitmenschen. Aus diesem Grunde bin ich jedesmal froh, wenn sich ältere Leute an der Tram- bzw. Busstation befinden. Dann kann ich sicher sein, daß man mir hilft. Da ist die ältere Frau, die mir angeboten hat, mich nach Hause zu begleiten und meine Einkaufstasche zu tragen. Damals war ich noch ohne Stöcke, sie aber hatte meine extreme Hinkerei an der Kasse bemerkt. (heute renne ich infolge der Stöcke mit einem Rucksack herum). diese liebenswürdige Frau hat ihre Augen offen - für ihre Mitmenschen.

Und da sind noch die beiden Verkäuferinnen und der Chefmetzger, welche ich in einem Coop-Center kennenlernte. Und auch der Filialleiter, dessen Stellvertreterin sowie alle übrigen Angestellten sind „Schätzeli". Sie alle kennen mich und sind über meine Krankheit informiert. Coop kann stolz sein, so freundliches und hilfsbereites Personal zu haben.

Positive Stories - Coop Personal

Kioskverantwortliche D.

Attraktive, 37jährige Frau, ihr Hobby: lange gepflegte Fingernägel (ca.. 1,5 cm lang).

Näher kennengelernt haben wir uns wie folgt: Ich benötigte Abfallsäcke mit Abfuhrgebühren, welche infolge hoher Diebstahlquote unter Bewachung beim Kiosk zu kaufen sind.. Ich grinste D. an (damals hatte ich noch keine Stöcke).

Dialog:

Ich: (grinsend) Sind Sie Frau Abfallsack?
Sie: (grinste zurück) Sie sind nicht die erste Kundin, die mich so benannt hat. Übrigens warum hinken Sie so stark? hatten Sie einen Unfall oder sind Sie am Fuß verletzt?
Ich: Nein, ich habe eine Gehirnentzündung, welche meine Beine schwach werden ließ. Die Motorik ist stark gestört.
Sie: Wovon kommt denn diese Entzündung?
Ich: Das Grundproblem ist Aids.
Sie: Was ? Verdammt, es trifft doch immer die Falschen!

Ich mußte lachen. Dieser kurze Satz war so aus ihrem Innersten gekommen, daß an der Ehrlichkeit dieser Aussage nicht gezweifelt werden konnte. Doch auch sie hat ihr eigenes, schweres Kreuz zu tragen. Sie erzählte mir, daß sie Unterleibskrebs hatte, der erfolgreich behandelt werden konnte. Jedoch hat sie keine Garantie, daß sie nicht erneut von einem Tumor befallen wird. Diese Ungewißheit muß grauenhaft sein. Trotzdem ist sie eine sehr aufgestellte Person und hadert offensichtlich nicht mit ihrem Schicksal. Ich gebe ihr gute Chancen, daß Sie AHV-Bezügerin (Rentnerin) wird! Auf jeden Fall wünsche ich ihr das von meinem ganzen Herzen.

So haben wir uns näher kennengelernt. Als dann meine „Krückenzeit“ begann, offerierte sie mir folgende Hilfe (zwischenzeitlich hatten wir zum vertrauten Du gewechselt). Wenn es Dir schlecht geht, dann ruf einfach an und verlange D. vom Kiosk. Sag mir, was Du brauchst, und ich bringe es Dir über Mittag oder abends nach Arbeitsschluß. Diesmal traute ich im positiven Sinn meinen Ohren nicht. Denn daß sich ihre liebenswürdige Offerte nicht einfach als Blabla herausstellte, hat sie mir bereits zigmal bewiesen.

Blumenverantwortliche J.
Hübsch wie eine Blume, ca. 28 Jahre jung. Sie schloß sich der Offerte von D. sofort an und bringt mir die Einkäufe, wenn D. nicht hier ist oder aus zeitlichen Gründen nicht kommen kann. Manchmal bringen mir die zwei sogar Blumen mit ... ich freue mich jedesmal riesig. Für einen Aperitif nach Arbeitsschluß hat es Ihnen auch schon gereicht. Es wurde ein schönes Plauderstündchen!

Der Chefmetzger
Ein Mann in den besten Jahren. Als ich bei ihm eine Fleischplatte für ein Fondue Chinoise bestellte hatte und die Platte abholen kam, stellte sich heraus, daß diese nicht in meinen Rucksack passte, da derselbe zu klein war. Er offerierte mir sofort, die Platte zu mir nach Hause zu bringen.

Diese Gesten freuen mich daher so sehr, weil ich weiß, wie knapp die Personalkostenbudgetierung im Einzelhandel generell ist. Auch die damit verbundenen Umtriebe, nämlich während der Abwesenheit von D. (ca. 5 Minuten) eine Ersatzkraft für den Kiosk zu organisieren, sind nicht zu unterschätzen.

Positives - Kantonsspital (medizinische Poliklinik)
Am Folgetag der Peperonistory riefen mich drei weiße Engel zu Hause an, um sich nach meinem Wohlergehen zu erkundigen. Ich war nicht fähig, in das Spital zu gehen. So wurde mir meine Infusion durch eine Gemeindeschwester bei mir zu Hause verabreicht.

Die drei weißen Engel fragten mich, ob sie etwas für mich tun könnten - so z. B. Einkäufe tätigen und mir bringen. Ich konnte die Offerte dankend ablehnen - schließlich war da noch meine liebe Mutter, die sich dazu bereit erklärt hatte. Nicht zu vergessen, das Coop-Personal! Ich war froh, ablehnen zu können. Die Krankenschwestern haben einen harten Beruf und ihren Feierabend mehr als verdient. Ich hätte ein sehr schlechtes Gewissen, würde ich sie noch in ihrer privaten Zeit beanspruchen. Eine Krankenschwester kam am Sonntag sogar zu mir nach Hause und massierte meinen Rücken (Muskelkater infolge unzähliger Versuche, mich herauf zu ziehen, um zum Telefon zu gelangen). Es tat mir sehr gut.

Besitzer und dessen drei Kellner im Restaurant- in meiner Nähe

Alle vier zeigen sich sehr hilfsbereit. So bringt man mir das Essen nach in meine Wohnung, wenn ich in schlechtem Zustand bin. Obwohl es ein First-class-Restaurant ist, darf ich auch nur eine Suppe nehmen, sei dies mittags oder abends. Der Besitzer kennt meinen Spatzenmagen und das Problem mit dem Pilz in der Speiseröhre. Ich hatte ihn vor einem Jahr über meine Krankheit informiert. Er war sehr betroffen, und bot mir sofort jede Hilfe an, die ich benötige. So sind die Kellner auch schon für mich einkaufen gegangen, hängten Bilder auf und halfen mir, schwere Sachen zu verschieben. Es ist sehr beruhigend zu wissen, daß ich mich jederzeit an die vier Herren wenden kann.

Nachbarn

Ein junges Ehepaar in meinem Alter. Es wohnt direkt über mir. Die wurden von mir ebenfalls informiert. Und auch gilt wieder: „Wenn Du Hilfe brauchst, dann rufe uns einfach an." Und wie beim Restaurantpersonal ist diese Offerte kein leeres Gerede - ihre Hilfsbereitschaft haben sie schon viele Male bewiesen. So hat er mir angeboten, meinen großen Balkon (32 qm) aufzuräumen und die Gartenmöbel zu reinigen. Seine Frau hat mir auch schon meine Wäsche gewaschen, als ich längere Zeit in der Klinik war.

Wäre da nicht die Kenntnis, daß ich eine tödliche Krankheit habe, würde ich sagen: „So macht Kranksein Spaß." Nein, Spaß macht es trotz Massagen etc. nicht.

Und alle sind sie Personen, die ich quasi durch meine Krankheit kennenlernen durfte, und die mir halfen, mein schweres Kreuz zu tragen. Allen weißen Engeln der medizinischen Poliklinik im Kantonsspital gebührt mein innigster Dank für ihre Hilfsbereitschaft und das Verständnis, daß ich täglich erfahren darf.

Negative Geschichten habe ich in der MUP nie erlebt. Ich stelle wieder einmal fest: Ich bin der größte Glückspilz auf Erden, daß ich solche guten Menschen kennenlernen durfte, die mich auch nach Ausbruch meiner Krankheit voll akzeptierten.

X Übrigens... letzte Neuigkeiten

1. Patientin C.
Leider hatte ich recht. C. starb vor mehreren Monaten im Light-House. Eigentlich bin ich gegen nachstehende Bemerkung, aber hier trifft es wirklich zu: „Es ist besser so....“ C. litt ja im Alter von 35 Jahren an Gehirnschwund, wie sie selbst es zu nennen pflegte. Auf Grund ihrer Verhaltensweise (kindlich) tippte ich auf die Alzheimer Krankheit. Besser für sie selber und auch für ihre Familie, daß sie gehen durfte.

Sollte ich einmal an einer solchen Krankheit leiden, hoffe ich, daß ich rasch sterben darf. Und auf jeden Fall wünsche ich mir, daß sich meine Mutter und meine übrigen Freunde an meinem Grab sagen können: „Es ist besser so..“ In dieser Situation gibt es diesen sinnvollen und einzigen wahren Trost für die Hinterbliebenen.

2. Patient R. (wurde vorher noch nicht erwähnt)
Ein junger Mann von 25 Jahren, die Krankheit war bereits schon ausgebrochen. Ich lernte ihn in der medizinischen Poliklinik kennen. Zwar war er bereits schon ziemlich geschwächt, aber er machte auf mich nicht den Eindruck, daß er sich bereits im letzten Endstadium befand. Um so mehr schockierte mich die Nachricht, daß auch er irgendwann im Frühherbst gestorben sei.

3. Patient D. (wurde auch noch nicht erwähnt)
Diesen jungen Mann traf ich ebenfalls in der Poliklinik an. Schätzungsweise war er so jung wie Patient R. Sein Alter auf Grund des Aussehens zu schätzen, war nicht nur schwer, sondern bereits schon unmöglich. Er war offensichtlich im Endstadium. Da war kein Fleisch mehr vorhanden, die Haut spannte sich über seine Knochen. Ein furchtbarer Anblick, welcher mir zu denken gibt. Wann sehe ich auch so aus?

Seine Mutter brachte ihn immer wieder in die Poliklinik. Ich sah sie nie weinen, aber ihr trauriges Lächeln, daß sie mir bei jedem Wiedersehen schenkte, war Indiz genug, wie sehr sie unter der Krankheit ihres Sohnes litt. Ob es bei diesem Todesfall „besser war“, kann ich nicht beurteilen. D. war immer in einer derart schlechten Verfassung, daß der kaum mehr reden konnte. Eine lebende Leiche. Die Mütter der drei haben mein volles Mitgefühl. Ich weiß von meiner Mutter, daß es nichts schlimmeres gibt, als sein eigenes Kind zu verlieren und dieses überleben zu müssen.

4. Patientin H. (vom Kapitel 5)

Entgegen der Unkenrufe ihres Kollegen lebt H. noch heute. Und ich kann sogar eine Verbesserung ihres Zustandes sehen. Sie ist ein Aufsteller für mich, ich mag sie sehr gerne. Ich freue mich sehr, daß es ihr zur Zeit so gut geht.

5. Arztwechsel in der MUP Kantonsspital

Zwischenzeitlich verließ mein Arzt das Kantonsspital. Ich war etwas traurig, denn ich mochte ihn gut. Mit Beklemmung sah ich dem ersten Meeting entgegen, welches ich mit dem neuen Arzt hatte. mein Angst, daß da etwas „Schlechtes“ nachfolgt, war relativ groß.

Aber ich hatte wieder einmal mehr Glück als Verstand. Er ist wie der erste sehr feinfühlig, nimmt sich Zeit und informiert auf verständliche Weise. Sein schnelles Handeln und seine sehr große Einsatzbereitschaft durfte ich bereits während des ersten Meetings erfahren. Ein Arzt, der aus Berufung seinen Beruf gewählt hat!

Woran liegt es wohl, daß in manchen Kliniken einfach immer gute Ärzte sind, und in anderen immer schlechte? Könnte an der Klinikleitung liegen, oder?

6. Schockierende News betreffend meiner Erblindung

Anläßlich der Studie „Cymevene“ in Tablettenform muß ich einmal monatlich beim Augenarzt zur Kontrolle erscheinen. Schon vor Beginn der Studie hatte ich eine Verschlechterung meines bereits blinden linken Auges feststellen müssen. Noch vor einem Jahr sah ich noch zu ca. 25 %. Trotz der Cymevene-Infusionen ist dieses Auge nun ganz blind. meine Befürchtung, daß ich resistent geworden sei, wurde von drei Ärzten wie folgt beantwortet: „Sie müssen keine Angst haben, das Cymevene wirkt nach wie vor.“ Weshalb dann diese Verschlechterung?

So klärte mich dann eine Augenärztin schonungslos auf. Daß Cymevene die Erblindung zwar hinauszögern, aber nicht stoppen kann. „Eines Tages wird auch ihr rechtes Auge blind sein.“

Was hatte der Augenarzt (OA) von der Augenklinik gesagt? „Blind werden Sie sowieso nicht, Sie haben ja noch das rechte Auge.“

Die Ärztin deckte mein gesundes, rechtes Auge ab und fummelte vor dem erblindeten linken herum. „Können Sie etwas erkennen? Wie viele Finger sehen sie?“ Natürlich sah ich sie nur ganz schemenhaft, wie sich etwas bewegte. So gab ich ihr eine entsprechende Antwort. Ihre Bemerkung, die sie dann sagte, ließ mich fast aufschreien: „Aber das ist ja wunderbar, so schlecht ist das Auge ja nicht. Immerhin können Sie etwas erkennen.“

Dieser makabre Zynismus brachte mich fast zum weinen. Als ich erfuhr, daß ich Aids habe, war ich nicht geschockt.. Diese Eröffnung war aber so deprimierend für mich, daß ich sogar an einen Absturz mit Kokain dachte. Allerdings nicht lange! Meine Mutter besuchte mich am selben Abend und ich weinte mich bei ihr aus. Ich dachte an die Motivationsfaktoren, die mich so stark machen. Doch nur einer konnte mir zur weiteren positiven Motivation verhelfen: meine geliebte Mutter.

Hattest dich gefreut auf uns alle drei
leider sind wir nur noch zwei
und ich kann Dein großes Leid verstehen
verspreche Dir, ich werde nicht auch gehen!

7. Tragischer Fall betreffend Verschweigen von Aids (in Italien

Da erzählte mir eine Patientin, daß ihr Neffe im Alter von 22 Jahren an Aids gestorben sei. Er wußte, daß er HIV-positiv war und führte den Geschlechtsakt mit seiner 17jährigen Freundin weiterhin ungeschützt aus. Die sehr junge Frau war während seiner Lebzeiten nicht von ihm informiert worden. Sie ließ sich natürlich nun testen. Aids! HIV-positiv!

Zukunftsängste

Was wäre wohl, wenn ich auch das zweite Augenlicht verlöre,
die Amseln nicht mehr sehe, nur noch ihren schönen Gesang
höre?

Was wäre wohl, wenn ich einmal ganz erblinden würde,
bin ich dann für meine Umwelt nur noch Last und Bürde?

Was wäre wohl, müßte ich meine letzte Zeit im Dunkeln leben,
sind meine Augen dann tot, werden sie meine Gefühle
wiedergeben?

Was wäre wohl, wenn ich gar nichts mehr sehen kann,
und die Pracht der Rosen nicht sehe, nur noch rieche, was
dann?

Was wäre wohl, täten die Vieren mein letztes Augenlicht
rauben,
kann ich dann noch an meine bisherige innere Stärke
glauben?

Was wäre wohl, könnte ich mit beiden Augen nicht mehr
sehen,
und nur noch mit einem Blindenhund spazieren gehen?

Was wäre wohl, könnte ich ihn nicht mehr sehen, den
Sonnenschein,
muß ich fristen ein freudloses Leben, wäre ich dann ganz
allein?

Was wäre wohl, könnte ich keine Gesichter mehr erkennen,
wird sich meine Umwelt trotzdem noch zu mir bekennen?

Was wäre wohl, könne ich mich abfinden, mit der schwarzen
Welt,
wird dann etwas sein, was mein dann trauriges Leben erhellt?

Etwas weiß ich schon heute, ist es dann soweit
bin ich gerne zum freiwilligen Sterben bereit...

Nachwort von Eva

AIDS - eine Krankheit, die ich durch die verständnisvolle Umwelt vielleicht besiegen kann?
AIDS - eine Krankheit, welcher ich durch optimale Medikamentation noch viele Schnippchen schlagen kann?
AIDS - eine Krankheit, die mein Leben lebenswert machte.
Ausgenommen in den gesundheitlich schlechten Phasen.
AIDS - und seither habe ich zu meiner inneren Stärke gefunden.
AIDS - ein makaberes, interessantes Geschenk vom Himmel für die Forscher.
AIDS - eine elegante Lösung betreffend Übervölkerung, insbesondere in Afrika und Asien. Wird vielleicht deshalb manches neue Medikament noch zurückgehalten, oder ist nur die Übervorsicht mancher Gesundheitsämter schuldig?
AIDS - und die Natur wehrt sich und schlägt zurück,
AIDS - die perfideste Krankheit, seit es Krankheiten gibt.

Erklärung und Nachwort der Autorin

Dieses Buch habe ich aus sehr vielen Gründen geschrieben, und ich möchte wirklich nicht wissenschaftlich oder medizinisch über diese Krankheit informieren. Nein, mein Wunsch war, mein Versprechen, Evas Geschichte zu veröffentlichen, einzulösen. Wir können aus Ihrer Geschichte alle sehr viel lernen.

Eva ist tot. Sie starb wie sie lebte, stark, kämpfend, mutig, umgeben von der Liebe ihrer Mutter und ihrer Freunde. Hätte Eva heute gelebt, könnte Sie vielleicht noch leben.

Viele Ihrer Worte sind nicht meine, aber ich habe mich bemüht, Evas Geschichte in ihren Worten, ihrer Sprache, ihrem Zynismus wiederzugeben.

Über meine Homepage unter
http:// www..geocities.com/marianneg_de können Sie mehr über mich erfahren.
Sie erreichen mich auch über mein Postfach 942 in 71609 Ludwigsburg oder Handy Nr. 0171 7730471.